SPARADRAP
+1PV

ARTHEON
OMEGA ZELL
SPARADRAP

SPARADRAP
GAEA
ARTHEON

ARTHEON
SPARADRAP

# NOOB

**" Dans ce jeu, il y a trois principes à respecter : le roleplay, le background et l'esprit d'équipe. "**

*Arthéon le guerrier,*
*Chef de la guilde Noob*

# 01

**ARC 1 - La Tour Galamadriabuyak**

*Créé et écrit par Fabien Fournier*

# Tour Galamadriabuyak

*également appelée Tour de l'Héritage*

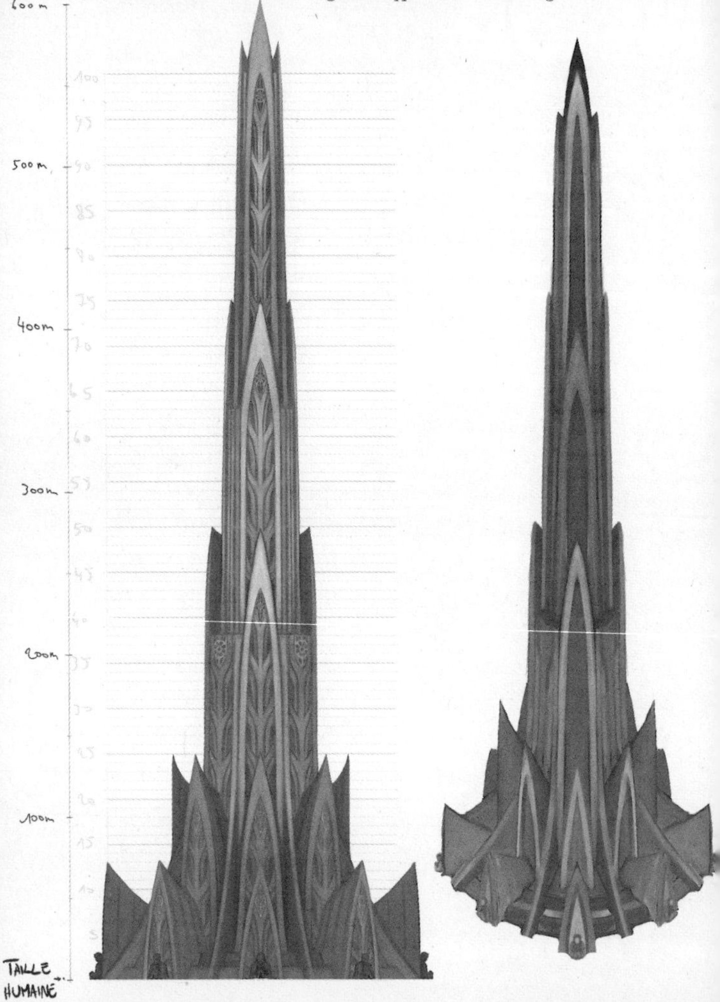

# NIVEAU 1
## - Horizon 1.0-

Gabrielle Jolivet était tiraillée par deux aspects de sa personnalité qualifiés par beaucoup de défauts, mais qui, à ses yeux, étaient ses plus grandes qualités. En cet instant de profonde hésitation, son côté radin lui interdisait de dépenser le moindre centime dans l'achat compulsif d'un jeu vidéo en ligne. Ces MMORPG[1] étaient des gouffres financiers ! Elle le savait pour en avoir arpenté plus d'un. Si elle s'emparait de cet emballage au design alléchant, franchissait les caisses de ce magasin, rentrait chez elle et en installait les données sur son ordinateur, la boîte de Pandore serait ouverte pour de bon ! Elle se retrouverait affublée d'un abonnement mensuel *ad vitam æternam*, ces mondes virtuels étant à la fois addictifs et sans cesse mis à jour. Impossible d'en voir le bout ! En tant

---

[1] *Diminutif de « jeu de rôle en ligne massivement multijoueur », en anglais, « massively multiplayer online role playing game ».*

qu'étudiante fauchée, sa raison lui aurait volontiers fait tourner les talons et passer son chemin, mais c'était sans compter sur son autre trait de caractère prédominant… son obsession.

Lorsque Gabrielle jetait son dévolu sur un bien matériel ou, comme c'était le cas ici, immatériel, elle devait l'obtenir coûte que coûte. Peu importait les conséquences. C'était plus fort qu'elle ! À ce titre, elle regrettait presque d'être tombée par hasard sur cette récente campagne publicitaire mettant en scène Max Middle, le célèbre champion d'e-sport, vantant les mérites d'*Horizon 1.0* à grand renfort de punchlines et de cinématiques explosives. Ce spot TV était beaucoup trop convaincant pour que la joueuse accro aux défis sommeillant en elle fût en mesure de résister. La musique, les graphismes, les enjeux, les chiffres de vente pharaoniques, désormais, tout l'attirait dans ce MMORPG au sommet des classements depuis plus de huit ans. Ce succès exponentiel avait franchi un cap en cette année 2008 de tous les records, si bien que les autres mondes virtuels du marché paraissaient de plus en plus fades en comparaison. Au cours du dernier trimestre, les serveurs de la concurrence s'étaient vus dépeuplés des deux tiers de leurs joueurs, obligeant de nombreux studios de développement à fermer boutique devant cet exode massif.

Gabrielle, plantée comme un i devant une pyramide de packagings soignés prêts à se laisser saisir par les mains tendues d'individus de tous âges, n'avait pas encore succombé.

— Maman, c'est celui-là que je veux ! s'exclama un petit garçon d'une douzaine d'années en pointant du doigt le rayon dans lequel se trouvait l'étudiante.

— Tu en as déjà plein.

— Oui, mais y a plus personne sur les autres, c'est devenu nul, on s'ennuie trop ! C'est lui le meilleur, tous mes copains y jouent et je suis le seul de toute l'école à pas l'avoir !

— Bon… soupira la mère, disposée à en discuter. C'est combien ?

— Le kit de départ coûte vingt euros, répondit un vendeur surgissant de nulle part. Ensuite, l'abonnement mensuel est à cinq euros, mais vous avez de la chance ! À partir d'aujourd'hui et jusqu'à Noël, les douze premiers mois sont à trois euros seulement. Et ce n'est pas tout ! Le dernier numéro d'Avatar Magazine est offert ! Nous allons installer les présentoirs et coller les affiches dès cet après-midi.

— Dans ce cas, je veux bien te l'acheter, mais à la condition qu'on résilie les autres, négocia la jeune femme, voyant dans cette promotion l'opportunité de faire des économies.

— Merci ! s'écria son fils, euphorique. De toute façon, maintenant que j'ai Horizon 1.0, je ne jouerai qu'à ça.

Gabrielle se félicita d'avoir laissé traîner une oreille indiscrète. À la lumière de ces précieuses informations, elle aussi venait de prendre sa décision après deux heures, trente-deux minutes et dix-sept secondes de tergiversations. La jeune fille s'était accordée avec elle-même sur le fait que les autres MMORPG, gratuits ou non, étaient trop dépeuplés pour représenter un enjeu à long terme. Face à cette ristourne avantageuse combinée à un marketing redoutable, même les derniers irréductibles allaient retourner leur veste et la communauté des joueurs tout entière ne tarderait plus à se ruer dans le monde virtuel d'Olydri. Il n'y avait pas une seconde à perdre !

Elle saisit la boîte la plus proche d'une main ferme, courut en direction de la caisse, paya, non sans éprouver un mélange de culpabilité et de tristesse en voyant son dernier billet changer de propriétaire, puis se rua jusqu'à son appartement. Une fois dans son salon, elle sortit avec précaution le contenu de l'emballage, brancha le disque dur à une prise USB de son vieil ordinateur et lança Horizon 1.0.

Les minutes s'écoulaient et la barre de chargement peinait à se remplir. Gabrielle était à bout de patience. Qui devait-elle blâmer pour cette laborieuse progression ? Son matériel informatique dépassé ou le débit ridicule du wi-fi piraté chez son nouveau voisin, victime sans le savoir d'une interception de ses codes d'accès dans sa boîte aux lettres la semaine dernière ? Sans doute un peu des deux.

Trois heures et demie plus tard, un bip sortit Gabrielle de sa somnolence. Son antiquité était enfin parvenue à installer le jeu.

LOADING

— Pas trop tôt ! grommela-t-elle en se redressant péniblement, avant de saisir sa souris et de cliquer sur « Commencer ».

***

L'écran-titre disparut pour laisser place à un environnement en trois dimensions à dominante bleue, parcouru de lignes de codes défilant à vive allure. Une étrange voix synthétique aigüe s'éleva :

— Bonjour, je suis Destin, l'intelligence artificielle qui gère Horizon 1.0. Ensemble, nous allons créer votre alter ego dans le monde d'Olydri. Tout d'abord, veuillez déterminer le genre de votre avatar.

Gabrielle fit glisser le curseur jusqu'à une fenêtre indiquant « Féminin ».

— Genre féminin validé. À présent, nous devons déterminer une fiche de personnage. Veuillez sélectionner la classe que vous souhaitez incarner.

Plusieurs options se révélèrent, offrant chacune un visuel évocateur.

— Voyons voir… hésita la jeune fille. Guerrière, berserker, paladin, assassin, élémentaliste, druidesse, archère, invocatrice, prêtresse, néogicienne ou mage, énuméra-t-elle, l'air songeur.

Après quelques instants de réflexion, elle annonça à haute et intelligible voix dans son micro-casque :

— Invocatrice !

La reconnaissance vocale semblait être une technologie maîtrisée par les développeurs de la société Neuropa Entertainment, à l'origine de ce MMORPG, car l'intelligence artificielle lui répondit instantanément :

— Choix validé. Ceci étant fait, penchons-nous sur votre apparence.

Un avatar plutôt quelconque s'afficha au milieu de l'environnement immatériel bleuté. Il était vêtu d'une robe blanche toute simple. La caméra virtuelle zooma sur sa tête, invitant la joueuse à en déterminer la forme. Gabrielle décida de reproduire, dans la mesure du possible, son propre physique. Elle opta donc pour un visage légèrement joufflu, des yeux en amande aux iris marron, des cheveux lisses châtain foncé descendant jusqu'aux épaules avec, pour finir, un air un tantinet espiègle. Elle ne laissait aucun détail au hasard, s'appliquant à chaque clic.

La caméra prit du recul et elle poursuivit l'opération, optant pour une silhouette élancée plutôt bien proportionnée. Dans le monde réel, elle était loin d'être une grande sportive, mais jusqu'à présent, son métabolisme ne sanctionnait pas ses gourmandises passagères ni son alimentation parfois désastreuse d'étudiante sans le sou. Satisfaite, elle confirma et la voix de Destin s'éleva à nouveau :

— Choix validé. Nous arrivons à un tournant, car il est temps d'intégrer une faction. Vous avez deux options : l'Empire, détenteur du secret de la technologie, ou la Coalition, gardienne d'un puissant héritage magique.

La jeune fille ne s'était encore jamais penchée sur le background[2] du monde d'Olydri. Elle ignorait tout de ses enjeux géopolitiques et donc, de la portée d'une telle décision. Elle jeta

---

[2] *Ensemble des rouages scénaristiques d'une œuvre de fiction. Le background représente la somme de l'Histoire, des légendes, ou encore de la géopolitique d'un monde imaginaire.*

un bref coup d'œil au symbole rougeoyant en forme de phénix venant d'apparaître, puis à celui doré, représentant une épée fichée dans un rouage mécanique serti d'une pierre rose rutilante aux allures de bouclier. Ce dernier arborant la même teinte que l'or, son métal précieux favori, elle opta pour cette voie :

— L'Empire ! s'exclama-t-elle.

— Choix validé. Vous y êtes presque ! À présent, veuillez nommer votre avatar.

Excitée à l'idée de commencer enfin la partie, Gabrielle s'empressa de pianoter sur son clavier. Contrairement à beaucoup de joueurs, elle n'avait pas besoin de se creuser la tête pour trouver un pseudonyme. Elle utilisait le même depuis Niveaux Perdus, son tout premier MMORPG sorti en 2001. Elle s'appellerait pour la énième fois… Gaea !

Elle appuya sur « Entrée » et leva les yeux vers son écran.

— Choix validé, répéta l'intelligence artificielle. Bienvenue à vous, Gaga l'invocatrice, veuillez patienter, vous allez être téléportée dans le monde d'Olydri d'ici quelques instants…

Une nouvelle interface apparut en bas de laquelle une barre de chargement se remplissait pixel par pixel. Gabrielle se raidit avant de s'écrier :

— Gaga ? Comment ça Gaga ? C'est un bug ou… oh non ! Ne me dites pas que je me suis trompée ! Comment j'ai fait mon compte ? Je… paniqua-t-elle avant d'appuyer frénétiquement sur la touche « Echap » tout en s'égosillant dans son micro :

— Annulation ! Retour ! Ordinateur, je dois modifier mon nom. Youhou ! Destin ! Gentille intelligence artificielle, tu m'entends ? Allez, sois sympa, je veux juste corriger mon pseudo…

En voyant son avatar apparaître dans la zone de départ réservée aux joueurs de niveau un, Gabrielle se rendit à l'évidence. Elle allait devoir effacer ce personnage et recommencer la procédure depuis le début, tout ça pour une malheureuse faute de frappe survenue au moment fatidique suivie d'une validation trop hâtive. Bien entendu, rien ne l'obligeait à en arriver là, mais la jeune fille n'était pas prête à répondre au pseudonyme de Gaga aussi longtemps qu'elle jouerait à Horizon 1.0. Elle poussa un profond soupir, cliqua sur une icône, laquelle ouvrit un menu, sélectionna l'option souhaitée et retourna sur la page d'accueil.

Dans le milieu des jeux vidéos, les individus coutumiers de ce type de gaffe étaient affublés d'un terme péjoratif très répandu au sein de cette communauté. On les qualifiait de noobs.

# NIVEAU 2
## - La guilde Noob -

Gabrielle Jolivet, devenue Gaea l'invocatrice depuis près d'un quart d'heure, venait tout juste d'accomplir sa première quête. Elle consistait à ramasser une douzaine de gros champignons rouges scintillants, éparpillés autour d'un personnage non joueur plus communément appelé PNJ[3]. Ce dernier lui avait ensuite donné pour mission de fourrer le tout dans son inventaire, un sac minuscule dans lequel il était possible de ranger d'énormes objets, et de l'apporter à un cuisinier travaillant dans une auberge située au sud-ouest du lac. Elle était toujours niveau un, mais les points d'expérience engrangés par cette récolte avaient d'ores et déjà rempli un cinquième de sa jauge. Au début, dans les MMORPG, tout semblait rapide et facile, mais ça n'allait pas durer. Horizon 1.0 était

---

[3] *Les PNJ sont des intelligences artificielles peuplant et structurant le scénario des jeux vidéos en ligne massivement multijoueur.*

réputé pour être l'un des plus difficiles dans sa catégorie. Ses rouages étaient complexes et parfois cruels. La jeune fille l'avait lu dans un numéro d'Avatar Magazine, mais elle s'en rendrait compte par elle-même bien assez tôt. Inutile de s'encombrer l'esprit avec ça. Pour l'instant, elle devait se familiariser avec ce nouvel environnement virtuel afin d'adopter les bons réflexes pour être prête lorsque les choses sérieuses commenceraient.

Gaea tourna sur elle-même pour contempler les alentours. Elle se situait au bord d'un point d'eau cristalline aux larges rives mêlant roches et étendues d'herbe verte. L'ensemble semblait enclavé dans une clairière. La lisière d'une forêt encerclait la zone. Son équipement se résumant à une tunique bordeaux, une jupe longue noire et des bottes en cuir, il était préférable de terminer les quêtes alentour et de vaincre un certain nombre de monstres avant de s'y aventurer.

L'invocatrice bondit sur le rebord du rempart du fortin dans lequel elle était apparue, puis sauta de l'autre côté. La hauteur lui avait semblé raisonnable, mais la gravité lui donna tort. Son avatar fut déséquilibré sous l'effet de la vitesse et chuta lourdement. Elle fut sanctionnée de soixante-quinze points de vie au moment d'heurter le sol rocailleux.

— Mince ! pesta la joueuse. Je n'arrive pas encore à estimer les distances, maugréa-t-elle en levant la tête vers l'édifice.

Elle regrettait de ne pas avoir pris la peine de descendre les escaliers, de traverser la cour intérieure puis de trottiner jusqu'à la sortie avant de contourner les fortifications, au lieu d'emprunter ce raccourci hasardeux. Sur Horizon 1.0, la santé semblait remonter lorsque l'on s'asseyait, mais le processus était lent et elle avait déjà perdu suffisamment de temps. L'installation laborieuse du jeu et sa double création d'avatar, cette fois-ci correctement baptisé, avaient largement éprouvé sa patience. Elle vérifia dans son inventaire, mais ne trouva aucune potion ayant pour effet de restaurer ses statistiques. De toute façon, fidèle à son côté économe, elle ne l'aurait pas gâchée en l'absence de danger imminent.

Soudain, une voix s'éleva dans un écho mystique :

— *Mercurocroum* !

Une nuée de particules vertes surgirent de nulle part et l'enveloppèrent. Les graphismes étaient agréables à regarder, mais les effets de cette magie ne furent pas à la mesure de ce flamboyant phénomène. La barre de vie de Gaea ne remonta que de trois malheureux points.

— Je viens de t'administrer un puissant sort de soin. Tu as eu de la chance que je sois là, annonça une voix sur un ton sérieux, un brin forcé, avec un timbre se voulant exagérément grave.

Dubitative, l'invocatrice se retourna et aperçut un joueur pointant dans sa direction une baguette argentée sertie d'un cristal. Les avatars contrôlés par des humains étaient faciles à distinguer des PNJ. Contrairement à ces derniers, un curseur triangulaire flottait au-dessus de leur tête, indiquant leur pseudonyme et leur faction. Celui-ci arborait une couleur jaune, symbole de l'Empire. Il s'agissait donc d'un allié. L'inverse eut été surprenant à ce stade de la partie.

— Merci, répondit l'invocatrice.

Trois points de vie étaient toujours bons à prendre. La survie était une affaire de gagne-petit.

— Je suis Sparadrap. Je joue un prêtre méga fort of the dead ! s'enthousiasma le nouveau venu d'une voix enjouée, aigüe et déraillant par moments.

Il s'avança et salua Gaea. Lui aussi devait être débutant, car hormis son arme, le reste de son équipement ne semblait guère plus évolué que celui de la nouvelle venue sur Horizon 1.0. Il portait une tunique et un pantalon blancs aux bordures dorées, une cape à capuchon gris et des bottes en cuir marron foncé. La jeune fille l'observa un bref instant. Son interlocuteur était de petite taille, brun, les cheveux mi-longs, et son bouc accentuait un sourire niais et figé. Il la fixait, attendant une réponse en hochant la tête avec un air ahuri. De toute évidence, ce n'était pas le compagnon d'aventure rêvé, mais son entrain à vouloir engager la conversation faisait de lui un candidat acceptable au poste de bouclier humain, un atout appréciable dans les situations périlleuses.

— Moi c'est Gaea, je suis invocatrice, finit-elle par répondre sur un ton aussi amical que possible.

— T'es nouvelle sur Horizon 1.0, pas vrai ?

— J'ai acheté le jeu aujourd'hui. Pourquoi, ça se voit tant que ça ? s'inquiéta l'étudiante, désireuse de faire bonne figure malgré tout.

— Bah t'es niveau un, c'est marqué dans ton interface, s'amusa Sparadrap en ouvrant une fenêtre remplie de statistiques.

Il poursuivit :

— Dis-moi, tu as une petite expérience des MMORPG ?

— Oui, affirma l'invocatrice avant d'énumérer une liste en prenant soin de compter sur ses doigts pour ne rien omettre :

— J'ai joué à Niveaux Perdus, Guerre des Guildes, Fantaisie Finale quatorze, Artisans de Guerre, Runes Magiques, Marteaux de Guerre, et plus récemment j'ai testé Mystic Heroïc Secret Legend of the Final Quest alpha neuf point dix-huit.

— Waaaaah ! s'extasia le prêtre en écarquillant les yeux, abasourdi. Tu dois être méga forte of the dead, toi aussi !

— Si on veut… Enfin bref ! Désolée, mais je dois me rendre à une auberge au sud-ouest du lac. J'ai une quête à valider, s'excusa Gaea. Merci pour le sort de guérison.

Tout compte fait, cet inconnu ne semblait même pas avoir l'étoffe d'un bouclier humain. Il avait plutôt l'air d'être aussi collant qu'exaspérant. Mieux valait ne lui laisser aucun espoir et s'en débarrasser le plus tôt possible. La joueuse reprit sa route.

— Attends ! l'interpella Sparadrap en la rattrapant en zigzaguant.

Il ne semblait pas à l'aise dans la maîtrise du déplacement de son avatar. L'invocatrice se retourna en poussant un soupir éloquent, afin de lui signifier sa perte imminente de patience.

— Ça te dirait d'entrer dans ma guilde ? l'invita de but en blanc le nouveau venu.

Décontenancée par cette offre inattendue, la jeune fille hésita. Était-ce une proposition digne d'intérêt ? Dans le doute, elle choisit de s'abstenir.

— Non merci, ça ira, déclina-t-elle poliment pour ne pas vexer le recruteur.

— Si j'étais toi, j'y réfléchirais à deux fois, insista ce dernier.

— Je préfère progresser seule, conclut Gaea en se montrant plus ferme pour couper court à cette conversation ayant déjà trop duré.

— Non parce que tu vois, avant de devenir le grand joueur que tu as devant toi, j'ai pas mal galéré au début, jusqu'au jour où je suis entré dans la guilde Noob ! persista Sparadrap en prenant un air théâtral, le regard perdu vers l'horizon et les cheveux flottant au vent.

Il ne semblait pas faire cas des états d'âme de son interlocutrice.

— La guilde Noob ? répéta l'invocatrice, dubitative. Avec un nom pareil, ça me donne encore moins envie de vous rejoindre, s'amusa-t-elle.

— Bah pourquoi ? s'étonna le prêtre en reprenant son air niais.

— Parce que le terme « noob » est péjoratif. Ça veut dire que tu es nul, que tu ne sais pas jouer, expliqua Gaca.

Elle n'en revenait pas d'avoir à tenir cette conversation.

— N'importe quoi ! se défendit le soigneur à la cape grise. Avec les copains, on est tous super balèzes, surtout notre chef. Attends, ne bouge pas, je l'appelle.

— C'est inutile, je viens de te répondre que ça ne m'intéressait pas, t'es lourd ! s'agaça l'invocatrice, excédée par ce dialogue de sourds.

Soudain, un faisceau lumineux surgit du sol et dessina une rose des vents. Une mini tornade aux particules virevoltantes se matérialisa en un éclair et une silhouette apparut à l'intérieur. Aussitôt, le souffle s'apaisa, les sphères irradiantes s'éparpillèrent, perdirent leur intensité puis s'éteignirent, révélant la présence d'un guerrier barbu aux mèches blond vénitien flottant au gré d'une ultime brise, avant de retomber sur son front. Il était à la fois massif et bedonnant, et portait une longue tunique noire recouvrant une cotte de mailles à moitié rouillée.

Son curseur jaune affichait le pseudonyme Arthéon et son interface indiquait qu'il était niveau neuf. Sa voix chaude et grave, plutôt charismatique, s'éleva :

— J'espère que cette fois, tu ne m'as pas fait venir pour rien… Son ton trahissait une profonde lassitude.

— Cette fille ne veut pas entrer dans la guilde, se plaignit Sparadrap en pointant Gaea du bout de sa baguette.

On aurait dit un gamin rapportant une contrariété à sa maîtresse d'école.

— Et alors ? s'indigna le nouveau venu. Fous-lui la paix si elle veut pas !

Il marqua une pause et sembla réaliser une chose.

— Une minute… C'était ça « le truc super important pour l'avenir de la guilde » dont tu parlais sur le canal de discussion ?

— Elle a aussi dit qu'on savait pas jouer ! surenchérit le prêtre, désireux de défendre sa cause, visiblement perdue.

— Houlà ! intervint la principale intéressée, indignée de se voir prêter des intentions n'étant pas les siennes. Ne transforme pas mes propos s'il te plaît ! J'ai juste précisé que le terme « noob » était péjoratif et que ça ne me donnait pas envie de m'enrôler.

— Si tu avais ne serait-ce qu'une petite idée des phénomènes que je dois gérer, tu trouverais l'appellation très à propos… soupira le guerrier, apparemment épuisé.

— Tu vois ? intervint Sparadrap avec fierté. Même notre chef dit qu'on est des phénomènes ! Si tu ne viens pas avec nous, tu vas passer à côté d'une grande opportunité et tu t'en mordras les doigts toute ta vie.

— Ils sont tous comme lui chez vous ? demanda Gaea sans prendre la peine de répondre à celui qu'elle considérait désormais comme un noob à part entière.

— On a d'autres spécimens croustillants, mais lui c'est le pompon, avoua le joueur à la tunique noire en affichant une expression navrée.

— Exactement ! Je suis le meilleur ! s'enorgueillit le prêtre, comprenant décidément tout de travers.

Il fit virevolter sa cape en tourbillonnant, avant de lancer un nouveau sort de soin vers

Gaea, laquelle récupéra un malheureux point de vie.

— Pourquoi tu ne changes pas de guilde s'ils sont tous aussi nuls ? s'intéressa l'invocatrice, fascinée par ce cas atypique.

— J'aimerais bien, mais c'est la seule que j'ai trouvée qui recrute encore les bas niveaux sans réseau. Ils m'ont accepté et après un certain nombre de concours de circonstances, j'ai fini par devenir leur chef. Maintenant, j'ai des responsabilités vis-à-vis d'eux.

Il poussa un énième soupir et ajouta avec nostalgie :

— Quand je pense qu'autrefois, je jouais un perso niveau cent dans la meilleure guilde de l'Empire…

— Vraiment ? Et qu'est-ce qui s'est passé ? l'interrogea Gaea, voyant subitement en Arthéon un potentiel allié d'expérience.

— Ayant eu du mal à suivre le rythme pour raisons familiales, j'ai eu la mauvaise idée d'acheter des crédits pirates dans le but de rattraper mon retard. Résultat des courses, j'ai été pris par la patrouille, puis puni par un maître du jeu, expliqua-t-il en adoptant un air coupable.

Il jeta un regard vers Sparadrap, lequel malaxait du mana entre deux sorts de soin dirigés vers Gaea, pour un effet dérisoire. Affligé par ce piètre spectacle, le guerrier se lamenta de plus belle :

— Se faire bannir est une chose, mais je ne méritais quand même pas ça…

— Vous êtes vraiment la seule guilde à accepter les bas niveaux ? s'inquiéta l'invocatrice, préoccupée par cette mauvaise nouvelle.

— Disons que ça fait longtemps que ce MMORPG existe et aujourd'hui, il n'y en a plus que pour les joueurs confirmés. En gros, quand tu débutes, soit tu te fais parrainer par un pote déjà bien implanté, soit tu te retrouves livré à toi-même, condamné à trimer de groupe en groupe au moins jusqu'au niveau cinquante. Passé ce cap, ça commence à recruter dans les guildes sérieuses et ambitieuses. Mon problème, c'est que mes anciens frères d'armes n'ont jamais pardonné mon seul et unique moment d'égarement. Ma réputation de tricheur me précède où que j'aille et comme personne ne veut contrarier la guilde Justice, vu qu'elle trône au sommet du classement, me voilà devenu un paria. Et toi, tu as quelqu'un pour t'aider ?

— Non, mais j'ai toujours préféré jouer seule. J'ai les cotisations hebdomadaires en horreur et je déteste partager le contenu de mon inventaire ! Je trouve mes alliés sur la route quand ça devient nécessaire, annonça-t-elle avec franchise.

— Perdu pour perdu, je me suis accroché à cette idée moi aussi et dans certains cas, si tu n'as vraiment pas peur d'en baver, ça peut passer, mais ça relèverait du miracle. Tu dois savoir qu'Horizon 1.0, plus que n'importe quel autre MMORPG, est basé sur le principe de la coopération. Ce n'est pas le genre de jeu que tu peux faire en solo. Par exemple, si tu ne trouves personne pour t'accompagner dans les donjons ou pour accomplir certaines quêtes importantes, tu passeras à côté du background et des récompenses. Tu pourras toujours monter tes niveaux en sacrifiant des journées entières à tuer des centaines voire des milliers de monstres dans l'objectif de glaner suffisamment de points d'expérience, mais ton équipement et tes armes ne seront pas renouvelés et ta progression sera de plus en plus laborieuse. Les créatures que tu rencontreras dans les nouvelles régions seront plus résistantes et frapperont plus fort, tandis que ton armure n'encaissera plus rien. Tu arrêteras de compter le nombre de tes résurrections au cimetière et, en plus de perdre énormément de temps, tu n'auras plus assez de crédits pour réparer ton attirail. Pour couronner le tout, même si tu es assez pugnace pour atteindre le niveau dix par tes propres moyens, tu te retrouveras de toute façon coincée. Les niveaux onze à vingt ne se débloqueront qu'à la condition d'achever le premier étage de la Tour Galamadriabuyak, également appelée Tour de l'Héritage, une instance incontournable par laquelle tous les joueurs doivent passer au moins neuf fois dans leur ascension jusqu'au niveau cent. Sans guilde, tu devras rassembler les âmes errantes du coin pour constituer une équipe équilibrée, mais vous n'aurez aucune coordination et vos chances de réussite seront faibles. Évidemment, les galères d'inventaire, d'équipement, d'argent et de manque d'expérience par lesquelles tu passeras s'appliqueront tout autant aux éventuels compagnons d'infortune qui t'épauleront pour tenter d'arriver au bout de ce donjon impitoyable. Je sais que je me répète, mais les joueurs fiables sont soit dans des guildes, soit pistonnés par leurs potes haut niveau. Tu vas devoir ratisser les tréfonds du serveur et te frapper certains profils atypiques, souvent au bout du rouleau, bien pires que celui de…

Il s'interrompit un instant, jeta un nouveau regard appuyé vers Sparadrap et conclut par ces mots :

— Bref ! Tu m'as compris.

— Mince… pesta Gaea, contrariée par cette vision particulièrement pessimiste.

Elle s'était mise à cogiter, mais n'arrivait plus à se projeter. Devait-elle recommencer la procédure de création d'avatar une troisième fois et opter pour l'autre faction ? La Coalition offrait peut-être des perspectives plus enviables que le sombre tableau dépeint par le guerrier ? C'était peu probable. Si seulement elle ne s'était pas mis à dos ses anciens compagnons, croisés au fil des MMORPG arpentés avant Horizon 1.0. Elle avait la fâcheuse manie de manipuler les autres pour son profit personnel et figurait sur leur liste noire. Parmi ses connaissances ayant créé un avatar sur Olydri ces dernières années, aucune ne lui tendrait la main, bien au contraire ! En apprenant son arrivée dans ce jeu, ils chercheraient à se venger en alertant tous leurs contacts. Ils leur conseilleraient de se méfier d'elle, sa fiche serait placardée sur tous les forums, et sa réputation serait faite avant même d'avoir pu tirer profit de la naïveté de certains benêts pouvant rapporter gros. Mieux valait rester discrète le temps de se rendre indispensable.

— Écoute… reprit le guerrier. Je te propose de faire une pige chez nous jusqu'à ce que tu atteignes un niveau suffisamment élevé pour postuler ailleurs. Toi, ça ne t'engage en rien et nous, on a besoin du coup de pouce de nouveaux talents, même temporaire, pour avancer un peu.

— Et qu'est-ce qui me dit que vous n'êtes pas en train de me mener en bateau pour me recruter ? se méfia l'invocatrice, jamais trop prudente.

— Ce serait tordu comme méthode, tu ne crois pas ? s'amusa Arthéon. Je pense qu'il y a de meilleurs ambassadeurs que Sparadrap et un ancien joueur de haut niveau banni après avoir lamentablement triché, pour convaincre un nouveau venu de nous rejoindre. Dans un premier temps, libre à toi de te faire ta propre idée. Plus tard, quand tu auras subi ce que j'ai moi-même vécu, mon offre tiendra toujours.

— Mouais… marmonna Gaea.

Il marquait un point. Elle demanda :

— Et lui, pourquoi vous le gardez ?

— Sparadrap ? s'étonna le chef de guilde. Parce que c'est un prêtre, pardi !

— Et alors ? Qu'est-ce que ça fait qu'il soit prêtre ?

— Les classes spécialisées dans le soin sont rares et elles comptent parmi les plus difficiles à faire évoluer. C'est un poste ingrat, car à chaque fois qu'un combat vire à la catastrophe, c'est eux qu'on accuse en premier. J'en ai vu plus d'un abandonner cette spécialisation par dépit. En avoir un dans notre équipe à ce stade de la partie est inespéré, tu peux me croire.

— Honnêtement, j'ai du mal… répondit spontanément la joueuse, sans filtre, en se tournant vers le principal intéressé, toujours en train de s'acharner pour faire remonter sa barre de santé.

Chacun de ses sorts restaurait un seul et unique point de vie.

— Je peux quitter la guilde quand je veux, on est bien d'accord ? vérifia Gaea.

— Absolument, confirma Arthéon.

— Dans ce cas, va pour une période d'essai, annonça-t-elle avec un entrain modéré.

Une dernière salve de particules vertes la percuta. Ce fut un score critique la régénérant à hauteur de deux points de vie et Sparadrap, visiblement épuisé, dit en titubant :

— Et voilà, je t'ai complètement soignée ! Par contre, j'ai plus de mana…

Son avatar tomba sur les fesses. Il avait besoin de récupérer, sous le regard dépité de son chef de guilde et de sa nouvelle sœur d'armes.

# NIVEAU 3
## - Fausse route -

En ce beau mercredi d'octobre ensoleillé, Gabrielle se réjouissait de terminer ses cours à treize heures. Elle allait pouvoir s'enfermer chez elle pour consacrer le reste de l'après-midi, et peut-être même la soirée, à la progression de son avatar sur Horizon 1.0.

À peine arrivée chez elle, la jeune fille alluma son ordinateur. Ce dernier boota dans un souffle assourdissant ponctué de bips. L'écran s'illumina et toutes sortes de notifications s'affichèrent. Elle cliqua sur l'une d'elles, ayant attiré son attention. Elle venait d'Arthéon. Gabrielle fut aussitôt dirigée vers le forum de la guilde Noob, où il était indiqué :

« *Message pour Gaea. Rendez-vous à 15h devant la Chambre des Guildes pour que tu puisses signer le registre et valider ton recrutement.* »

La joueuse n'y vit aucune objection. Sans attendre, elle cliqua sur l'icône du MMORPG, entra son identifiant, puis son mot de passe. Elle sélectionna le seul avatar disponible dans son interface, profita de la laborieuse progression de la barre de chargement pour faire un saut en cuisine, se prépara un chocolat chaud agrémenté de quelques gâteaux gourmands, retourna dans son salon, s'installa confortablement devant son bureau et mit son micro-casque sur les oreilles.

***

Gaea se matérialisa précisément là où elle s'était déconnectée. Elle se trouvait dans la forêt située à la lisière du lac près duquel elle était apparue la veille.

— Salut, ça va ? s'éleva une voix faisant sursauter l'invocatrice.

Elle pivota et découvrit avec effroi Sparadrap. Le prêtre la fixait avec son air ahuri et enjoué à la fois.

— Euh… Salut, répondit Gaea, méfiante. Comment tu savais que j'allais arriver précisément à cette heure ?

— Je l'ignorais, c'est pour ça que je t'ai attendue toute la journée pile à l'endroit où tu t'étais déconnectée pour être sûr de pas te louper, expliqua le noob en bombant le torse, comme s'il relatait un exploit.

— Je… hésita l'invocatrice.

Ne sachant quoi répondre, elle s'arrêta là, mais Sparadrap, intarissable, reprit :

— Je me suis dit que tu ignorais dans quelle direction aller pour te rendre jusqu'à la Chambre des Guildes. Comme t'es nouvelle, tu dois pas encore bien connaître la carte, pas vrai ?

— Non, en effet, acquiesça Gaea.

Elle ouvrit son interface. La minuscule zone de départ dédiée aux joueurs de niveau un apparaissait dans ses moindres détails, mais ce n'était pas le cas du reste de la mappemonde, dont les continents et les océans étaient dissimulés sous un épais nuage.

— Olydri est voilé à quatre-vingt-dix-neuf pour cent, releva-t-elle.

— C'est normal, il faut visiter une région pour qu'elle s'affiche, mais t'inquiète pas ! Sur la mienne, j'ai un quart du monde de disponible ! se vanta le petit prêtre à moustache.

— Dans ce cas, je te suis, céda la joueuse, presque touchée par le geste désintéressé de Sparadrap.

Il était peut-être exubérant et maladroit, mais ce nouveau compagnon d'armes semblait foncièrement gentil et attentionné. Une qualité ne rattrapant pas tout, mais louable, admit Gaea en son for intérieur. En guise de reconnaissance, elle décida d'être un peu moins sur la défensive.

— En route ! s'exclama le guide, ayant à cœur de mener à bien sa mission.

Une demi-heure passa. Ce délai paraissait anormalement long. L'invocatrice se souvint alors d'un dicton populaire disant que l'enfer était pavé de bonnes intentions. Elle redoutait d'en faire l'expérience. En proie au doute, elle demanda :

— Sparadrap, tu es certain de savoir où tu vas ?

— Bah oui ! Tu as devant toi un vrai GPS ambulant ! Je connais Olydri par cœur, fais-moi confiance !

— Facile à dire… murmura-t-elle en slalomant entre les troncs d'arbres.

— Plus que quelques mètres et on devrait apercevoir notre destination. Quand tu auras signé le registre, tu deviendras officiellement membre de la guilde Noob, tu imagines ce que ça représente ?

— Pas vraiment, commenta Gaea sur un ton réservé.

Cette perspective la rendait curieuse et anxieuse à la fois.

— Ah la la soupira le prêtre avec nostalgie. Je me souviens du jour où Maître Zen a accepté de m'enrôler. Moi aussi j'étais tout stressé, mais t'inquiète pas, ça va bien se passer.

— C'est qui ça, Maître Zen ?

— C'est le fondateur de la guilde Noob, expliqua Sparadrap. Il y a deux mois de ça, c'était encore notre chef.

— Il a fini par jeter l'éponge ? supposa la jeune fille.

C'était l'hypothèse la plus probable.

— Pas du tout, il a très mal vécu sa mise en retrait disons… forcée.

— Il a été évincé ? Attends… Tu veux dire qu'Arthéon aurait fomenté un coup d'État ? s'étonna l'invocatrice.

— Fomenquoi ? Non, c'est juste qu'en prison, on peut pas jouer aux MMORPG.

— De mieux en mieux ! Une incarcération maintenant, s'emporta Gaea. Je comprends rien à ton histoire, tu pourrais pas être plus clair ?

— Eh bien… bredouilla son interlocuteur, subitement moins loquace. Disons que j'ai fait une petite bêtise.

— Une petite bêtise ? intervint avec sévérité une voix inconnue au fort accent méridional. Je te signale qu'à cause de toi, quelqu'un est mort !

Un joueur, incarnant un assassin, sortit d'une tour de pierre érigée au milieu d'une clairière. Il portait une base en tissu entièrement blanche, recouverte d'un tabar sur lequel était brodé un symbole noir. Il était blond, les cheveux courts dressés en pics et affichait un air peu aimable, presque pédant.

— Hey ! Bonjour, Omega Zell, s'enthousiasma le noob au capuchon gris en décrivant de grands gestes pour le saluer.

— Mort ? Tu veux dire… dans le jeu ? s'inquiéta Gaea, fermement résolue à connaître le fin mot de cette histoire alambiquée.

— Non, mort pour de bon ! confirma l'assassin. Un soir, Sparadrap était tellement catastrophique qu'il nous a obligés à recommencer cinquante-trois fois une quête de groupe particulièrement importante. Au bout d'un moment, ce qui devait arriver arriva… Maître Zen a pété les plombs. Il s'est mis à hurler, à casser tout ce qui lui tombait sous la main, puis il a arraché son écran et l'a balancé par la fenêtre. Et attention, je parle pas d'un écran plat. Lui, il jouait encore sur un de ces vieux écrans cathodiques bien lourds et bien volumineux. L'histoire aurait pu s'arrêter là, mais le problème, c'est que dix étages plus bas, une petite mamie promenait tranquillement son chien et je te le donne en mille… elle s'est pris le bazar en pleine tronche ! Au lieu de terminer cette session en ayant enfin progressé dans ce foutu jeu, on a eu droit à un aller simple au cimetière pour la grand-mère et un passage par la case prison pour Maître Zen.

À la fin du récit, il y eut un moment de flottement. Gaea était abasourdie et Sparadrap confus comme un gamin réprimandé.

— Tu es membre de la guilde Noob ? finit par lancer l'invocatrice, préférant changer de sujet.

Elle ne savait pas pourquoi elle n'avait pas encore pris ses jambes à son cou pour s'enfuir loin de cette équipe pour le moins tordue. Une fascination irrationnelle s'était emparée d'elle. Elle voulait comprendre.

— Hélas ! s'exclama le nouveau venu en guise de confirmation. Je suis Omega Zell, assassin de niveau neuf.

— Moi c'est Gaea, invocatrice de niveau un, se présenta-t-elle en retour.

— Niveau un… marmonna le joueur en affichant un air méprisant. C'est ton premier perso ?

— Oui.

— Et t'es une vraie fille ?

— Non, c'est juste mon avatar. En fait je m'appelle Roger, j'ai trente-cinq ans, j'adore le foot et aussi les voitures, répliqua l'invocatrice en forçant sur sa voix pour la rendre plus grave.

Le visage d'Omega Zell s'illumina. Il afficha un large sourire et dit, apparemment soulagé :

— Alors c'est cool !

— Je plaisante, je suis vraiment une fille… rectifia la joueuse sur un ton accusateur.

Elle était fière d'avoir cloué le bec de celui qui semblait être l'un de ces innombrables machos proliférant sur les serveurs de MMORPG. Décidément, tous les membres de cette guilde étaient affublés d'une tare ! Elle leur reconnut néanmoins le mérite de la diversité.

— J'en étais sûr ! pesta l'assassin, vexé. Vous les gonzesses, vous savez rien faire d'autre que mentir ! C'est dans votre nature.

— Bonjour l'accueil… ironisa-t-elle.

— En parlant d'accueil, intervint Sparadrap avec entrain, et si on allait tous ensemble jusqu'à la Chambre des Guildes pour fêter l'arrivée de Gaea dans l'équipe ?

— Attends, c'est elle la nouvelle recrue ? s'inquiéta Omega Zell en la pointant du doigt.

— Oui. On n'avait pas d'invocatrice, c'est une super nouvelle, pas vrai ? s'enthousiasma le noob, toujours aussi naïf.

— Arthéon a décidé de collectionner les boulets ou quoi ? maugréa le joueur, furieux.

— Dis-moi, tu ne serais pas un peu misogyne sur les bords ? riposta Gaea, résolue à mettre les pieds dans le plat une bonne fois pour toutes.

— Je suis réaliste, nuance ! développa l'assassin avec sérieux. À chaque fois que j'ai essayé de faire équipe avec l'une d'entre vous, j'ai vécu une mauvaise expérience. Vous n'êtes jamais disponibles pour les quêtes de groupe et les donjons. Vous n'êtes ni fiables ni assidues ! Et je ne parle même pas des excuses bidons que vous nous sortez à chaque fois !

Il se mit à singer une fille avec des mimiques clichées et une voix aigüe mal maîtrisée. Son accent lui donnait un air de cagole.

— Je suis désolée, mais en ce moment c'est les soldes, ne comptez pas sur moi. Oups ! Il y a les Frères Scott à la télé, ne m'attendez pas ! Je suis fatiguée, j'ai passé ma journée à faire le ménage, je vais me coucher tôt ce soir. Quoi ? J'y crois pas ! Je suis outrée par ta façon de parler ! Je me déconnecte et je laisse tout le monde en plan au beau milieu d'une instance pour montrer à quel point je suis furieuse ! Au secours ! Je me suis cassé un ongle, je peux plus cliquer...

— Tu prépares un one-man-show ? demanda l'invocatrice sur un ton détaché.

Elle faisait mine de ne plus écouter depuis un certain temps. Elle ajouta :

— Laisse-moi deviner… Tu t'es récemment fait larguer par ta copine et tu vis très mal cette rupture.

— Comment ça ? s'étonna son vis-à-vis en reprenant une attitude virile.

— J'essaye de comprendre pourquoi tu es aussi aigri, étaya Gaea, l'air songeur.

— Tu n'y es pas du tout ! protesta Omega Zell.

— Je sais ! Tu es gay et tu cherches désespérément ton âme sœur, en conclut-elle.

— Bien sûr que non ! gronda le joueur.

— Eh bien moi oui ! les interrompit Sparadrap. Ma grand-mère dit tout le temps que je suis gai comme un pinson, précisa-t-il, à côté de la plaque.

— Tu es surtout fatigant… soupira l'assassin en lui jetant un regard navré.

— Mince ! s'exclama le prête en réalisant subitement quelque chose.

— Quoi ? s'étonna la joueuse.

— Il est quinze heures trois ! On est en retard, s'alarma-t-il.

— Pas de panique, le rassura Gaea. Tu m'as dit qu'on était presque arrivés. Arthéon ne va pas râler pour quelques minutes.

— Ah parce que tu pensais vraiment qu'il te conduirait jusqu'à la Chambre des Guildes ? ricana Omega Zell.

— C'est mon deuxième jour sur Horizon 1.0, j'ignore où cet endroit se trouve, donc oui, je me suis laissée guider par lui, se défendit l'invocatrice en se renfrognant.

Elle redoutait ce qui allait suivre.

— C'est complètement à l'opposé, annonça le macho en se délectant.

— Ah bon ? T'es sûr ? s'étonna Sparadrap en scrutant la carte.

— Allez, je suis sympa. Si vous coupez par la région de Vulca, vous ne serez pas trop en retard, conseilla le joueur en indiquant une direction.

— Merci ! s'exclama le prêtre en faisant volte-face, prêt à reprendre la route, avant de s'adresser à sa future sœur d'armes :

— Vite, il faut se dépêcher, sinon Arthéon ne va pas être content du tout.

Gaea lui emboîta le pas sans conviction, mais c'était toujours mieux que de rester en présence de ce joueur misogyne particulièrement détestable.

Omega Zell quant à lui, attendit de voir l'invocatrice et le prêtre sortir de son champ de vision. Ces derniers étant suffisamment loin, il tourna les talons, contourna la petite tour de pierre d'où il venait de sortir et marcha en direction de la Chambre des Guildes, située à trente secondes de sa position. Il était si facile d'embobiner Sparadrap. La perspective de voir ses deux victimes du jour foncer tout droit vers l'une des pires zones de ce continent était jubilatoire !

— Salut, dit Arthéon en l'apercevant.

— Yop !

— Dis-moi, tu n'aurais pas croisé Sparadrap accompagné d'une dénommée Gaea ? Il a écrit sur le canal de discussion qu'il la guiderait jusqu'ici.

L'assassin fit mine de ne pas être au courant.

— Non, j'ai vu personne. En même temps, ça t'étonne encore qu'il puisse être en retard ? Tu sais bien qu'on peut pas compter sur lui.

Le chef de guilde ponctua cette affirmation par un profond soupir.

# NIVEAU 4
## - Premiers pas -

La journée avait été longue pour Gaea et Sparadrap. En réalisant la supercherie, le prêtre s'était amusé de la blague d'Omega Zell, tandis que l'invocatrice, furieuse, avait décrété que l'assassin serait son pire ennemi jusqu'à la fin des temps. Elle se vengerait au centuple, mais pour cela, elle devait d'abord augmenter ses niveaux, accumuler toutes sortes de richesses et optimiser son équipement.

Après avoir tourné en rond pendant près de cinq heures, essuyé l'ignorance et le dédain d'une cinquantaine de joueurs de haut niveau ayant poursuivi leur route sans leur prêter la moindre attention, la chance avait fini par leur sourire. Ils étaient tombés sur un guerrier compatissant. Ce dernier, un certain Castorga, avait accepté de venir en aide à ces pauvres débutants égarés et avait même eu la gentillesse de les escorter jusqu'à la Chambre des Guildes.

La joueuse signa le registre en présence d'Arthéon, plus résigné que rancunier. Aussitôt cette démarche administrative accomplie, celui qui était désormais son chef, pris par le temps, se déconnecta dans la foulée pour des impératifs inhérents au monde réel.

— Alors ? Ça fait quoi de faire enfin partie de l'équipe ? s'intéressa Sparadrap.

Il suivait sa nouvelle sœur d'armes comme son ombre.

Cette dernière ne répondit rien et poursuivit sa route sans prêter attention au noob.

— Tu dois être euphorique ! supposa-t-il, toujours aussi bavard. Je me souviens qu'à l'époque, j'étais tellement fier que je l'avais écrit sur tous les forums et tous les tchats que j'ai pu trouver. J'ai même failli être banni une semaine à force de le répéter sur le canal de discussion général. Ils disaient que c'était du… comment c'était déjà ? Ah oui ! Du flood. J'ai trouvé ce mot trop rigolo. Il fait penser à Noob.

— Formidable… ponctua Gaea.

Elle avait mal à la tête à force de subir les interminables récits du prêtre. Elle ne savait plus par où commencer pour reprendre le fil de l'aventure. Excédée, elle s'arrêta, fit volte-face, se retrouva nez à nez avec son allié collant surpris par ce mouvement soudain, et dit d'un ton ferme :

— Bon, écoute ! Depuis que je fais équipe avec toi, on a passé notre temps à errer sur la carte au lieu de rejoindre un point de rendez-vous situé à même pas cinq minutes de là où j'étais. Je suis morte dix-huit fois en essayant d'échapper à des monstres surpuissants dans des zones normalement réservées à l'élite et on s'est même retrouvés au beau milieu d'un camp militaire bourré de joueurs de la faction adverse. Mon équipement est en charpie, pour l'instant, je n'ai pas les moyens de le faire réparer et je n'ai pas encore pris le moindre petit niveau. Alors si tu veux que je sois en mesure de participer le jour où Arthéon nous réunira pour une quête de groupe, ou un donjon, laisse-moi me concentrer et oublie-moi quelque temps ! À ce train-là, je n'arriverai jamais à vous rattraper !

L'invocatrice prit une direction au hasard pour s'éloigner aussi vite que possible, tant que

Sparadrap semblait sonné. Soudain, une gerbe de particules bleues surgit de son propre corps avant de retomber et de s'éteindre en touchant le sol.

— Ouaaaaah ! s'extasia le prêtre, comme si la tirade de Gaea n'avait jamais eu lieu. Tu viens de monter niveau deux sans rien faire ! Je pensais être le seul à en être capable.

— Qu'est-ce que tu racontes ? Si j'ai pris ce niveau, c'est parce qu'on a passé la journée à explorer des régions. Je n'ai pas fait attention à ma jauge, mais elle a dû se remplir au fur et à mesure.

— Ah bon ? Ça donne des points d'expérience de découvrir des nouveaux endroits ? Mais c'est super ! Ça veut dire qu'il suffit de marcher tous les jours du matin au soir pour atteindre le niveau cent !

— Bien sûr que non, rétorqua la joueuse, exaspérée. Primo, le nombre de régions est limité et deuxio, ça ne donne presque rien. Moi, je viens de créer mon avatar, c'est pour ça que ça grimpe encore relativement vite, mais ça ne durera pas. Si tu veux progresser, tu dois tuer des monstres, accomplir des quêtes, terminer des donjons ou vaincre des joueurs de la faction adverse. Tout le monde sait ça…

— Oui, mais quand je me promène tout seul, au moins, je ne provoque pas de catastrophe et mes copains ne finissent pas au cimetière.

— Tu marques un point, admit Gaea. D'ailleurs, c'est précisément pour cette raison que je tiens à jouer dans mon coin. Allez, à plus tard !

Cette fois, elle partit d'un pas décidé tout en vérifiant qu'elle n'était pas suivie. Elle avait réussi à le semer !

***

Quelques heures passèrent. Stanislas Châtelain, profitant d'avoir terminé ses devoirs et toutes ses tâches ménagères, parvint à négocier avec sa mère la possibilité de rejouer à Horizon 1.0 avant d'aller se coucher. Il se rua dans les escaliers menant jusqu'à sa chambre, lança son MMORPG favori et valida l'opération.

***

Arthéon fut aussitôt de retour en Olydri. Gaea, Sparadrap et Omega Zell étaient connectés, mais il s'abstint de les contacter. Il ne disposait pas de beaucoup de temps et voulait en profiter pour valider quelques quêtes en attente dans son journal de bord. Il se rendit jusqu'au portail de téléportation le plus proche, un écran de chargement le fit patienter une poignée de secondes et son guerrier se retrouva quatre régions plus loin, au beau milieu des vastes terres agricoles à l'est du village de Tortiya. L'environnement était inondé d'une douce lueur orangée. La nuit, synchronisée avec celle du monde réel, n'allait pas tarder à tomber dans le jeu.

Le joueur se mit en route. Il savait exactement où aller. En peu de temps, il aboutit dans un verger au milieu duquel se trouvait un amas d'énergie verte en lévitation, se mouvant en silence tel une flamme dotée d'une conscience. Il s'agissait d'un vaporithe, une créature dénuée d'enveloppe corporelle. Ces esprits, issus de défunts Olydriens n'ayant pas rejoint le flux de la mort à leur décès, étaient pacifiques. Ils étaient capables de communiquer avec les vivants par la pensée, mais ne pouvaient interagir sur le plan matériel. D'ordinaire, ils se contentaient d'observer, mais dans de rares cas, certains transmettaient leur mana à des êtres physiques.

— Je te salue, Organka. Je suis ici pour valider la quête que tu m'as confiée, dit Arthéon.

Il prit soin de n'omettre aucun mot clé. La technologie de reconnaissance vocale mise en place sur Horizon 1.0 offrait de nombreuses opportunités aux joueurs. Les PNJ réagissaient différemment selon les termes utilisés. Même l'intonation était prise en compte. Ainsi, le fait de les insulter les agaçait et pouvait aboutir à un combat, puis à la perte de points de réputation. Certains les flattaient, d'autres leur soutiraient des informations, et s'agissant des quêtes, c'était le même principe. Pour en valider une, il fallait remettre les choses dans leur contexte.

— *Je constate que tu as effectivement récolté les trente esprits de farfadets bleus à pointe rouge ainsi que les dix poils de yéti vert des forêts vivant au sud de la plaine de Centralis. Je te félicite, Olydrien ! Voici ta récompense,* répondit la voix spectrale du vaporithe dans un étrange écho.

Le guerrier obtint cent-cinquante unités d'expérience, sa fortune augmenta de soixante-quinze crédits et un artéfact apparut dans son inventaire.

— Super ! Le pendentif d'Organka ! Depuis le temps que je le voulais celui-là !

Arthéon reprit sa route et rejoignit un PNJ récoltant des fruits un peu plus loin. Un point d'exclamation flottait au-dessus de sa tête. Ce symbole signifiait qu'il était porteur d'une quête. Sa couleur grise indiquait que la mission était en cours.

— Bonjour à toi, fier paysan ! Comme convenu, je me suis rendu jusqu'au fort Ténébor et je m'y suis infiltré afin d'espionner le général Barkomurös. Vos craintes étaient justifiées. Ce vil faquin projette d'envoyer une poignée de mercenaires dans le seul but de saccager vos récoltes !

Le chef de la guilde Noob parlait de manière théâtrale, surjouant comme un acteur de série B. Stanislas étant passionné de background, il avait opté pour un serveur de type « roleplay[4] »,

---

[4] *Interprétation d'un rôle dans un jeu.*

consistant à interpréter un rôle pour favoriser l'immersion. Les gens connectés à Horizon 1.0 n'étant pas tous doués pour la comédie, cela donnait parfois lieu à des scènes cocasses, mais ça ne les empêchait pas de prendre cela très à cœur. Le logiciel de reconnaissance vocale offrait même des points de réputation à celles et ceux jouant le jeu auprès des PNJ.

— J'en étais sûr ! tempêta le gros bonhomme d'une cinquantaine d'années, vêtu d'une salopette marron, d'une chemise blanche et portant un chapeau de paille. Tiens, prends ça pour ta peine mon p'tit gars, dit-il en lui tendant un panier rempli de pommes.

Ces fruits permettaient d'accélérer la restauration des points de vie en dehors des phases de combat. Quatre-vingts unités d'expérience s'ajoutèrent à cette goûteuse récompense. Voyant que le point d'exclamation venait de virer au bleu, Arthéon comprit qu'une nouvelle quête était disponible. Il poursuivit donc :

— Y aurait-il quelque chose que le modeste aventurier que je suis puisse faire pour toi ?

— Eh bien… réfléchit le campagnard en se tenant le menton entre le pouce et l'index. Peut-être bien qu'il me faudrait un genre de garde du corps pour assurer mes arrières pendant quelque temps. Si t'arrives à zigouiller cinq mercenaires à la solde de cette foutue Coalition, alors je te paierai grassement.

— Quête acceptée ! s'exclama le joueur à haute et intelligible voix.

Quelques notes de musique lui signifièrent qu'elle était désormais inscrite dans son journal de bord. Le point d'interrogation du PNJ vira au gris. Il ne restait plus qu'à remplir l'objectif demandé.

Dans la région voisine, Sparadrap, détestant être seul, avait trouvé le moyen de rejoindre Omega Zell, au grand dam de ce dernier. Ils traversaient côte à côte une immense étendue d'herbe verte parsemée de quelques arbres épars et de maisonnettes abandonnées, dont les toitures en bois et les pierres des fondations commençaient à s'écrouler. Le ciel était gris et un brouillard inquiétant empêchait de voir à plus de cinquante mètres autour d'eux.

— Vantèdeu PéKa deux points Darcukeu Avengé, s'éleva la voix haut perchée du prêtre.

— Wanted PK : Dark Avenger, rectifia l'assassin en s'efforçant de troquer son accent du sud contre un autre, ressemblant vaguement à de l'anglais.

Le résultat était peu probant. Il poursuivit la lecture de la pancarte sur laquelle figurait la photo d'un avatar à l'expression sanguinaire.

— Attention, cet individu est dangereux ! Mille crédits à celui qui le remettra aux autorités de l'Empire.

— C'est quoi un PK ?

— C'est le diminutif de Player Killer.

— C'est quoi un Player Killer ?

— T'es vraiment un boulet ! se désespéra Omega Zell. En gros, c'est un joueur lâche et sadique qui adore traquer et tuer ceux qui sont moins forts que lui. La plupart du temps, il pousse le vice jusqu'à les camper pour leur pourrir l'existence.

— Ah bon ? Pourtant c'est cool, le camping, releva Sparadrap, dubitatif.

— Dans la vraie vie peut-être, mais pas ici. Dans les mondes virtuels, c'est une pratique consistant à vaincre un joueur puis à rôder près de son corps pour le tuer à nouveau dès qu'il ressuscite et ainsi de suite, jusqu'à ce qu'il craque et se déconnecte. Ça marche aussi dans les cimetières.

— C'est super méchant de faire ça, s'indigna le soigneur.

— Tu l'as dit ! Ces types sont des plaies, sauf quand la victime est une fille. Dans ce cas, ils rendent service à la communauté, commenta le joueur sans une once de second degré.

Il changea de sujet :

— C'est pas tout ça, mais quitte à t'avoir dans les pattes, voyons ce qu'on peut faire d'utile...

— Je sais ! Et si on chassait des smourbiffs ! proposa le prêtre plein d'entrain en bondissant sur place.

— Mais bien sûr, ironisa l'assassin en levant les yeux au ciel. Comme si j'avais que ça à faire. Collectionner les familiers n'apporte rien, je te l'ai déjà expliqué mille fois.

— Oui, mais moi, c'est ce que je préfère, soupira le noob en affichant un air boudeur.

— Bon… temporisa son compagnon d'armes. Avant de perdre le peu de patience qu'il me reste, je vais te dire le fond de ma pensée. Alors, ouvre bien grand tes oreilles.

— Euh… D'accord, mais il faut cliquer sur quelle compétence pour faire ça ? s'inquiéta Sparadrap en fouillant ses options.

Omega Zell fit mine de ne rien avoir entendu. Il enchaîna :

— Si je t'aide, c'est parce que je n'ai pas le choix. Tu es l'unique soigneur de la guilde et on ne peut pas faire de donjon ni de quête de groupe sans cette classe aussi rare qu'essentielle. Mon rêve est d'intégrer un jour la guilde Justice. Pour ça, je dois atteindre le très haut niveau, mais pour le moment, je suis coincé avec vous. J'ai donc tout intérêt à ce que tu deviennes un minimum performant. Alors j'aimerais que tu arrêtes de brasser du vent et que tu t'appliques pour qu'il ressorte quelque chose d'utile de cette session pour le moins... fastidieuse.

— Bon d'accord, accepta son vis-à-vis. Tu sais, je suis déjà presque niveau quatre ! fit-il remarquer, désireux d'apporter une note d'optimisme.

— Après six mois de jeu, quel exploit !

— Merci, surenchérit le prêtre en affichant un air satisfait.

Il était définitivement imperméable aux sarcasmes. Les deux compagnons se remirent à marcher, sous l'impulsion d'Omega Zell.

— Bien ! Pour commencer, il faut que tu atteignes le niveau dix. On va déjà tuer quelques monstres pour que tu passes niveau quatre. Ensuite, on… Il s'interrompit.

Le soigneur ne le talonnait plus. Il s'était arrêté, avait dévié sa trajectoire et se tenait accroupi dans l'herbe une dizaine de mètres plus loin. Il semblait creuser le sol de manière énergique.

— Qu'est-ce que tu fabriques ? tempêta Omega Zell, furieux.

— Pardon, mais j'ai vu un truc briller, expliqua Sparadrap en se relevant. Je me suis dit que c'était peut-être important.

Il tendit une main au creux de laquelle se trouvait une pierre blanche luminescente, grosse comme une pomme. En réalisant de quoi il s'agissait, l'assassin écarquilla les yeux et resta bouche bée.

— Quoi ? Qu'est-ce qu'il y a ? s'inquiéta le noob, ne parvenant pas à interpréter sa réaction.

Soudain, une chose inattendue se produisit. Un joueur à l'équipement sombre surgit, tel une ombre, de derrière l'une des maisons abandonnées. Un curseur rouge flottait au-dessus de sa tête, signifiant son appartenance à la faction ennemie, celle de la Coalition. Le prêtre ne se rendit compte de rien, car l'action se passait dans son dos. En dépit de la distance, Omega Zell reconnut immédiatement leur assaillant. Il s'agissait de Dark Avenger, le Player Killer dont le visage était placardé dans toute la région. Ce dernier était niveau quarante-huit ! Un gouffre les séparait en termes de statistiques. Cela faisait d'eux des proies idéales. Voilà pourquoi ils n'avaient croisé personne depuis un moment ! Sans hésiter, l'ennemi brandit son sabre et l'abattit en direction de sa première cible. À cet instant précis, l'artéfact découvert par le soigneur s'irradia et un vortex se matérialisa entre la lame sifflant dans l'air et l'endroit où l'impact aurait dû avoir lieu. Le bras armé du PK plongea à l'intérieur du cercle lumineux et ressortit au-dessus de sa propre tête, le pourfendant de part en part. Vaincu par son attaque, il explosa en milliers de pixels et de particules flamboyantes de couleur rouge. Tout s'était produit en un éclair.

— Qu'est-ce que c'était ? demanda Sparadrap en se retournant enfin.

— Je... bredouilla son compagnon, sous le choc, interrompu dans son élan par une aura bleutée surgissant du corps du miraculé à plusieurs reprises.

Une fenêtre de jeu s'ouvrit, affichant les données suivantes :

*Dark Avenger Niveau 48 est vaincu*
*Sparadrap Niveau 3 remporte son duel*
*8953 Points d'expérience remportés*
*4 Niveaux acquis*

Dans la foulée, la voix de Destin, l'intelligence artificielle régissant Horizon 1.0, s'éleva. Des données apparurent, présentant l'artéfact dont la lueur s'estompait.

— Félicitations, vous venez de trouver une Pierre de Substitution. Ce minerai enchanté se déclenche de lui-même lorsqu'une attaque vous

SPARADRAP
DARK

est portée, et la retourne immédiatement contre votre adversaire, lequel en subira les conséquences à votre place. Attention… Cet objet ne peut être utilisé qu'une seule fois par semaine.

Omega Zell n'en revenait pas.

— Avec une chance pareille, comment peut-il avoir des statistiques aussi lamentables ? murmura-t-il, sidéré.

— Pourquoi il y a écrit que j'ai tué Dark Avenger ? Et elle fait quoi cette Pierre de Substitution exactement ? Tu peux m'expliquer, j'ai pas tout compris ce que vient de dire la voix bizarre.

— Bonne nuit Sparadrap, j'ai eu ma dose pour aujourd'hui, conclut l'assassin, dépité.

Il aurait dû être content d'avoir été sauvé de ce Player Killer par son compagnon d'armes, satisfait de l'avoir vu prendre quatre niveaux d'un coup, mais rien n'y faisait. Il ne se remettait pas de la scène surréaliste à laquelle il venait d'assister et éprouvait même une pointe de jalousie. Comment avait-il pu laisser cet artéfact, aussi rare que puissant, lui passer sous le nez ? Contrairement au prêtre, il aurait su quoi en faire. Omega Zell poussa un profond soupir et disparut. Il venait de se déconnecter.

Arthéon, bien décidé terminer la mission venant de lui être confiée avant d'aller se coucher, poursuivait sa ronde à la recherche de partisans de la Coalition à occire. Il en avait déjà eu deux, ou plutôt, pour être tout à fait exact, un seul, mais vaincu à deux reprises. Il s'agissait d'un mage dénommé Précieux, dont la vigilance était proche du néant. Une aubaine ! Le chef de la guilde Noob n'en était pas fier, mais il attendait patiemment derrière un buisson la résurrection du joueur ennemi, pour lui refaire le coup une troisième fois. Camper un avatar était une méthode déshonorante, digne d'un Player Killer, mais il n'avait guère le choix. Sa mère pouvait débarquer d'un instant à l'autre pour lui demander de se déconnecter. Les occasions d'avancer tranquillement sans les autres à chaperonner étaient si rares qu'il ne pouvait se payer le luxe d'avoir des principes. Pas ce soir, du moins…

Les minutes passaient et sa victime ne revenait toujours pas à la vie. Le joueur au curseur rouge semblait avoir finalement compris le stratagème de son assassin récidiviste. Ne pouvant attendre plus longtemps, Arthéon décida de poursuivre sa route. Son compteur indiquait deux objectifs atteints sur cinq. Il progressait relativement vite, mais il lui restait encore du pain sur la planche.

Deux minutes plus tard, il aperçut une lueur rouge briller au travers d'un feuillage. Derrière le végétal se trouvait effectivement un joueur, tranquillement affairé à voler des fruits et légumes, sans doute pour les besoins d'une quête donnée par un PNJ de l'autre camp.

— En voilà un autre. On dirait que c'est mon jour de chance ! se réjouit le guerrier dans un murmure jubilatoire.

À l'affût, il contourna le buisson à pas de loup. Quand il fut suffisamment proche, il se risqua à sortir la tête un bref instant afin d'étudier la topographie du terrain pour établir son plan d'attaque. Soudain, son sang se glaça. Sans parvenir à se contrôler, il cria spontanément :

— T… Toi ?

— Mmmh ? fit l'individu en se retournant calmement.

Il n'avait même pas sursauté.

— Tu… Tu es le farmer chinois[5] de la dernière fois ! s'exclama-t-il en s'avançant, révélant définitivement sa position.

— Je suis pas chinois, rectifia d'une voix sereine l'avatar typé asiatique, à l'équipement minimaliste essentiellement composé d'étoffes noires.

En revanche, son sac à dos à l'armature en bois sur laquelle étaient fixés des coffres et de petites sacoches en cuir était impressionnant.

— Ne fais pas l'innocent ! insista Arthéon. Tu n'as rien d'un vrai joueur, tu es Ash le farmer chinois ! Tu passes tes journées à récolter toutes sortes de choses pour les refourguer contre du véritable argent ! C'est à cause de toi que j'ai perdu mon beau perso niveau cent !

---

[5] *Pratique consistant à passer ses journées à récolter de la monnaie virtuelle et toutes sortes d'objets, pour les revendre à des joueurs contre du véritable argent. Cette pratique illégale s'est d'abord développée en Chine, d'où le terme « farmer chinois », devenu générique dans les MMORPG.*

— Ah oui, je me souviens de toi… confirma l'intéressé. Tu m'avais acheté des crédits pirates.

— Exactement ! J'avais eu de mauvais résultats à mes partiels et ma mère m'avait interdit de jouer après vingt heures. Je n'arrivais plus à suivre le rythme imposé par la guilde Justice, je ne servais plus à rien. Pour me remettre dans le coup, j'avais repéré une super épée à l'hôtel des ventes, mais j'étais fauché. N'ayant plus le temps de jouer, je ne savais pas comment accumuler assez d'argent pour me la procurer avant qu'elle me file sous le nez et…

— Pourquoi tu me racontes tout ça ? l'interrompit le partisan de la Coalition, toujours aussi détaché.

— Je… Parce que… bégaya le guerrier, ne le sachant pas lui-même.

C'était plus fort que lui. Il avait besoin de se justifier et de vider son sac.

— Tu veux m'acheter quelque chose, c'est ça ? J'ai pas mal de choix dans mon inventaire, mais ce n'est qu'une infime partie de ma collection. Je possède plusieurs avatars identiques à celui-ci, disséminés dans toutes les régions d'Olydri. Je me connecte sur chacun d'eux à tour de rôle pour couvrir toute la carte en un instant. J'ai aussi des dizaines de coffres de banque remplis à ras bord. À ce propos, n'oublie pas que tu peux retrouver l'ensemble de mon catalogue sur farmerchinois.com. Nous acceptons tous les moyens de paiement.

— Tu te moques de moi, c'est ça ? s'indigna Arthéon, la voix chevrotante.

— Absolument pas.

— À cause de toi, ma vie est devenue un enfer ! Je n'étais peut-être pas l'égal de champions respectés comme Fantöm, mais j'étais loin d'être un tire-au-flanc. Faire partie de la meilleure guilde du jeu m'allait très bien. J'étais même fier d'en être arrivé là, sauf que trois jours après t'avoir rencontré, j'ai tout perdu ! Et comme si ça ne suffisait pas, je suis carrément devenu un paria !

— Que veux-tu que j'y fasse ? demanda Ash d'un ton égal, tout en cueillant une pomme.

— Tu aurais dû me mettre en garde sur les risques encourus !

— Je t'ai parlé de mon offre imbattable sur les avatars niveau cent ? Je vends des comptes clé en main qui…

— Cette fois, c'en est trop ! s'indigna le chef de la guilde Noob, furieux, en dégainant son épée, fermement décidé à se venger.

Le farmer chinois ne réagit pas. Il ramassa un autre fruit ressemblant à une papaye, se releva, tourna le dos à Arthéon et se contenta de dire avant de s'en aller :

— En parlant de mise en garde, tu devrais jeter un œil derrière toi.

— Quoi ? s'étonna le guerrier, décontenancé par l'attitude de son adversaire et sa réponse inattendue.

Une lueur attira son attention. Il fit volte-face et aperçut Précieux, le mage de la Coalition qu'il venait d'envoyer au cimetière à deux reprises. Ce dernier avait profité de leur conversation pour ressusciter, approcher furtivement et préparer une incantation. Le partisan de l'Empire n'eut pas le temps d'esquisser le moindre geste. Il fut ébloui par un puissant éclair, puis pulvérisé en une nuée de pixels et particules flamboyantes.

***

Stanislas, à la fois vexé et hors de lui, se déconnecta d'un clic rageur. Il ne terminerait pas sa quête ce soir. Sa vengeance aussi devrait attendre. Sans doute ne l'obtiendrait-il jamais, songea-t-il en retrouvant peu à peu une certaine lucidité. Vaincre l'un des innombrables avatars de ce vil tentateur malhonnête ne ferait perdre à ce dernier, tout au plus, qu'une poignée de secondes. Le dénoncer ne l'avancerait guère plus. Cela faisait des années que les Maîtres du jeu lui couraient après sans obtenir le moindre résultat. Pourquoi cela changerait-il ? Depuis que Judge Dead, leur chef dénué de compassion, s'était occupé de son cas en bannissant à vie son avatar niveau cent, il tenait ces administrateurs chargés de faire régner l'ordre en horreur ! Pour être tout à fait honnête, il était littéralement terrorisé. Ce douloureux chapitre avait développé chez lui une phobie incontrôlable à leur égard. De toute manière, au fond de lui, le jeune homme se savait seul fautif et unique artisan de son malheur. C'était difficile à admettre, car il avait honte...

Connaissant sa propension à sombrer dans la déprime, il devait se reprendre, et vite ! Voyant où ses vieux démons le menaient systématiquement, il s'efforça d'adopter sur-le-champ une attitude résolument positive. Il devait aller de l'avant, c'était le seul remède valable pour lutter contre ses regrets et dissiper la sinistrose qu'ils engendraient chez lui.

Il songea alors au recrutement de Gaea, cette invocatrice ayant arpenté de nombreux MMORPG avant de se lancer sur Horizon 1.0. Et si cette nouvelle venue était la perle rare tant attendue ? Celle qui les aiderait à obtenir enfin des résultats en terminant, par exemple, un donjon pour la première fois ? Si une dynamique s'enclenchait, peut-être ne quitterait-elle pas la guilde Noob comme ses prédécesseurs ? Stan, comme tout le monde l'appelait dans la vraie vie, ouvrit son navigateur Internet, se connecta au forum et pianota sur son clavier :

« *Message adressé à tous. À partir de demain, on commence un entraînement intensif en vue de terminer (enfin) le donjon de Mortegarde. Rendez-vous à 17h30 devant la Chambre des Guildes.*

*PS : Ne soyez pas en retard !* »

# NIVEAU 5
## - Une lueur d'espoir -

Les semaines passèrent et le jour J commença par un miracle : la présence de toute l'équipe au point de rendez-vous, en temps et en heure ! Enchanté par cet état de fait encourageant, Arthéon déclara sur un ton enjoué :

— Bien ! Entrons dans cette boutique et dépensons les crédits amassés dans le coffre de guilde ! On a beau nous être améliorés, on ne terminera aucun donjon l'inventaire vide.

— À t'entendre, on croirait qu'on est riches comme Crésus… soupira Omega Zell, dubitatif. Tous les crédits du monde ne suffiraient pas à contrebalancer les catastrophes de l'autre noob.

— Allons, ne sois pas comme ça. Il faut positiver ! Si on s'équipe intelligemment, on devrait pouvoir optimiser nos chances, répondit leur chef avant d'ajouter :

— Allez, ne perdons pas davantage de temps, on a une journée chargée devant nous.

Sparadrap, trépignant d'impatience, ouvrit la porte de la boutique, une cloche tinta, ils franchirent le seuil et furent aussitôt accueillis chaleureusement par un petit PNJ trapu, à la barbe finement taillée en pointe. Il portait un turban, une tunique bleu foncé et un pantalon écru bouffant. Des bottes et des protège-poignets en cuir venaient compléter son attirail, plutôt sobre pour un marchand à l'échoppe aussi garnie.

— Bien le bonjour, aventuriers ! Je suis Ardacos. Soyez les bienvenus. J'ai un large choix à vous proposer. De quoi avez-vous besoin ? De potions ? D'armes ? D'armures ? De bijoux ? De pierres magiques ? De parchemins enchantés ?

Il indiquait un rayon différent à chaque catégorie évoquée.

— Pour le moment, on fait juste un tour, répondit poliment le guerrier.

— Je vous en prie, sourit le vendeur en se courbant pour les y inviter.

En voyant Gaea se diriger immédiatement vers les bijoux, l'assassin ne put s'empêcher de faire une remarque dont il avait le secret :

— J'ai bien conscience que c'est inscrit dans tes gènes de fille, mais on n'est pas dans une grande enseigne au premier jour des soldes, alors pas de cris hystériques et doucement sur les achats compulsifs.

— Rappelle-moi combien tu as payé ton tabar ? lança-t-elle avec malice.

— Hein ? s'étonna le jeune homme, surpris par cette question inattendue.

— Tu sais, la pièce d'équipement que tu portes en permanence sur les épaules et qui ne sert à rien d'autre qu'à décorer, insista-t-elle avec un sourire moqueur.

— C'est un investissement ! se défendit Omega Zell.

— Tiens donc…

— Parfaitement ! Ce tabar est celui de la guilde Justice, que je compte bien rejoindre quand j'en aurai fini avec vous. Je suis sûr que ça fera son petit effet auprès du recruteur le jour où je postulerai. Et puis tu préférerais peut-être que je mette celui de la guilde Noob ? Je ne sais pas si tu l'as déjà vu, mais pour info, il a été dessiné par Sparadrap pendant qu'on avait le dos tourné, donc…

Il s'interrompit en se rendant compte que la joueuse ne l'écoutait plus. Elle se trouvait à l'autre bout du magasin et s'extasiait devant une vitrine remplie de sceptres rutilants.

Pendant ce temps, Arthéon fut abordé par un inconnu faisant lui aussi quelques emplettes.

— Laissez-moi deviner… réfléchit-il en se tenant le menton. Un prêtre de niveau huit, un assassin, un guerrier et une invocatrice de niveau dix… Je sais ! s'exclama-t-il en levant l'index. Vous préparez le premier étage de la tour Galamadriabuyak !

— Pas vraiment... soupira le chef de guilde, visiblement gêné.

— On achète des trucs pour le donjon de Mortegarde ! Ça va être méga dur of the dead, mais on s'est vachement entraînés, précisa Sparadrap en surgissant d'une cabine d'essayage habillé en pirate.

— Mais enfin, Mortegarde est l'instance la plus facile du jeu. Vous avez largement dépassé le niveau, fit remarquer le partisan de l'Empire, surpris.

— Disons qu'on éprouve quelques difficultés à rester en vie… bafouilla Arthéon, ne sachant plus où se mettre.

— À ce propos, vous ne connaîtriez pas un soigneur à la recherche d'une guilde bas niveau ? Peu importent ses statistiques, du moment qu'on remplace celui-ci, intervint Omega Zell en pointant l'intéressé du doigt.

— Hélas non, mais il faut persévérer. Je suis sûr que vous surmonterez les embûches perturbant votre progression, les encouragea l'individu avec amabilité.

— Si vous l'aviez vu à l'œuvre… insista l'assassin. Sparadrap n'est même pas foutu de verrouiller sa cible ! Il appuie frénétiquement sur sa souris jusqu'à vider complètement ses réserves de mana, avant même qu'on ait eu besoin d'être soignés. Et encore, ça, c'est dans le meilleur des cas, parce que le reste du temps, il remonte autant la barre de vie de l'ennemi que celle de ses alliés.

— À ce point-là ? s'étonna le client.

— Oh que oui ! Le problème, c'est que les débutants préfèrent opter pour une classe de bourrin dans l'espoir de briller en faisant un maximum de dégâts. Ils veulent incarner des héros à l'armure rutilante, pourfendeurs de boss à foison. Les jeunes d'aujourd'hui réclament leur quart d'heure de gloire, ils refusent de rester dans l'ombre. Alors forcément, ça ne se bouscule pas au portillon pour jouer des soigneurs !

— Il faut bien avouer que ce poste est particulièrement ingrat… concéda l'inconnu.

— Je sais, ils sont vulnérables et galères à faire évoluer. Quand quelque chose ne se passe pas bien, c'est systématiquement leur faute, alors que les succès sont imputés à ceux qui se battent en première ligne. C'est pour ça que personne ne s'y colle. Résultat des courses, c'est la pénurie ! grommela Omega Zell.

—En général, les joueurs ayant déjà un avatar haut niveau en créent un second pour pallier les spécialisations sous-représentées au sein de leur effectif, nuança son interlocuteur. C'est le principe du reroll. À défaut de soigneur titulaire, il n'est pas rare de voir un combattant déconnecter son personnage principal pour revenir aux commandes d'un prêtre, d'un druide, ou encore d'un élémentaliste affilié à l'eau pour dépanner son groupe le temps d'une instance.

— Oui, mais ces gars-là sont pris en charge du niveau un jusqu'au niveau cent par leur guilde. Ils n'ont pas besoin d'en intégrer une comme la nôtre… soupira Arthéon.

Il les enviait tellement.

— En effet, confirma le partisan de l'Empire, navré pour eux, avant de soumettre une idée :

— Pourquoi ne pas profiter de votre progression balbutiante sur Horizon 1.0 pour rebattre les cartes ?

— Comment ça ? s'intéressa l'assassin.

— Eh bien, demandez à votre compagnon maladroit de changer de classe et testez-le pour chacune d'entre elles, jusqu'à trouver chaussure à son pied. Confiez-lui un poste moins essentiel que celui de soigneur. Le plus à l'aise d'entre vous le remplacera et de cette manière, vous œuvrerez pour le bien commun et votre guilde repartira de l'avant !

Ses interlocuteurs semblèrent dubitatifs. Sparadrap, quant à lui, s'en était allé depuis un moment déjà vers d'autres rayons. Il adorait fouiner et se déguiser.

— Merci du conseil, euh… Jibédix, répondit poliment Arthéon, après avoir jeté un rapide coup d'œil au pseudonyme affiché sur le curseur de son vis-à-vis.

— De rien. Si cela peut vous aider, j'en serais ravi, conclut le joueur avant de se diriger vers le PNJ, de lui acheter un médaillon et de quitter la boutique en les saluant une dernière fois.

Une fois l'inconnu parti, l'assassin, outré par cette idée saugrenue, murmura à l'attention de son chef de guilde :

— N'importe quoi ! Comme si on allait abandonner nos avatars trop stylés pour se frapper celui d'un soigneur.

Bien qu'ayant mauvaise conscience, le joueur à la barbe épaisse ne le contredit pas. Son guerrier était le point de départ d'une longue thérapie amorcée peu de temps après le bannissement de son ancien avatar. Elle ne prendrait fin qu'à son retour au niveau cent. Il n'avait aucune envie de le troquer contre un prêtre. Sa vie en Olydri était déjà suffisamment laborieuse comme cela.

— On doit prendre notre mal en patience, aider Sparadrap à progresser, nous équiper d'un maximum de substituts pour nous maintenir en vie lorsqu'il nous mettra en difficulté, et ça finira par passer, conclut-il.

— Vous avez l'âme d'un aventurier ? Vous aimez braver le danger sans avoir à hypothéquer votre existence ? intervint le marchand avec un sourire complice. J'ai ce qu'il vous faut, ajouta-t-il en invitant le chef de guilde à la suivre.

A l'autre bout de la boutique, Gaea ne savait plus où donner de la tête. Tout ce qui brillait lui plaisait. Certaines pièces d'équipement avaient fière allure. Elle faisait un effort surhumain pour ne rien dérober. La perspective de se retrouver emprisonnée durant un minimum de vingt-quatre heures, de perdre des points de réputation et de se voir infliger une amende salée si on la pinçait ne l'enchantait guère.

— Arrête de rêver. T'as pas le niveau pour lorgner ce rayon, lui fit remarquer Omega Zell sur un ton médisant en approchant.

— Bien sûr que si, répondit la jeune fille en haussant les épaules avec dédain.

Elle retira la cape de Bruissebois de ses épaules. Il s'agissait d'un capuchon vert foncé remporté à l'issue d'une quête de niveau deux. Elle saisit une autre pièce de tissu plus longue, plus épaisse, plus élégante, et surtout, conférant des bonus bien plus avantageux, puis l'essaya. Elle lui allait comme un gant. L'assassin, surpris de ne pas voir apparaître de fenêtre de jeu indiquant une incompatibilité, se montra intrigué. Il ouvrit son interface, cliqua sur l'avatar de son horripilante sœur d'armes, examina ses statistiques, constata qu'elle disait la vérité, fronça les sourcils et demanda :

— Comment tu as fait pour progresser aussi vite ? Et sans notre aide qui plus est…

— J'ai bouclé des quêtes en pick up dans mon coin, précisa Gaea.

— En pick up ? releva Sparadrap, surgissant de nulle part avec un drôle de chapeau sur la tête. Je savais pas qu'il y avait des voitures dans Horizon 1.0 ! Elle est de quelle couleur ? Tu pourras m'emmener faire un tour avec toi ?

— Dans un MMORPG, pick up, ça veut dire qu'elle a été aidée par des joueurs qui ne font pas partie de la guilde, sombre idiot ! s'agaça Omega Zell. Comment tu as réussi cet exploit avec la réputation qu'on se frappe ?

— Disons que j'ai embobiné certains mercenaires crédules en leur promettant de les payer rubis sur l'ongle s'ils m'aidaient à finir mes quêtes de groupe. Ensuite, je leur ai fait croire qu'un pirate informatique venait de prendre le contrôle de mon compte. J'ai passé mon micro à Hector, un copain de fac, et il a joué le rôle du hacker en les menaçant de faire pareil avec eux s'ils ne se déconnectaient pas immédiatement.

— C'est quoi un hacker ? demanda Sparadrap.

— Un pirate informatique, expliqua l'invocatrice. On utilise souvent le terme anglais pour les désigner

— Pourquoi ?

— Parce que ça va plus vite.

— Et tu comptes me faire avaler cette histoire de stratagème minable ? douta l'assassin.

— Un mensonge, plus c'est gros, plus on y croit. Tout est une question de prestation et de mise en scène, affirma Gaea avec assurance et malice.

— Mouais… maugréa son vis-à-vis en croisant les bras avant de lui jeter un regard suspicieux. Dans ce cas, pourquoi tu traînes encore avec nous si tu te débrouilles si bien toute seule ?

— On va dire que j'ai un peu trop tiré sur la corde. Au bout d'un moment, ils se sont passé le mot et j'ai été cataloguée. Je dois simplement me faire oublier quelque temps…

Au même moment, près du comptoir, le marchand présenta une succession d'anneaux argentés en forme de doigt articulé à Arthéon.

— Voici la bague du Dernier Souffle. Lorsque tout est perdu et que vous êtes sur le point de trépasser, elle vous offre une seconde chance en vous inoculant un peu de flux vital.

— Intéressant ! Et combien vous en voulez ?

— Trois-cents crédits, annonça le PNJ.

— C'est un peu cher. Deux-cent-soixante et je vous la prends, marchanda le joueur.

— Trois-cent-quarante ? proposa le vendeur.

— Deux-cent-soixante-dix ! surenchérit le chef de guilde avec aplomb, soucieux de défendre jusqu'au bout le maigre budget durement acquis par son équipe.

— Trois-cent-trente.

— Deux-cent-quatre-vingts !

— Trois-cent-vingt.

— Deux-cent-quatre-vingt-dix !

— Trois-cent-dix ?

— Trois-cents !

— Vous êtes dur en affaires, mais vendu ! acta le commerçant en affichant un large sourire satisfait.

Un bruit de pièces s'entrechoquant retentit, signifiant la validation de la transaction.

— Pigeon… soupira Gaea, affligée.

— Pourquoi tu dis ça ? s'indigna Arthéon, ne voyant pas où était le problème.

— Laisse tomber, se résigna l'invocatrice en levant les yeux au ciel.

— Marchand, nous vous prendrons aussi une demi-douzaine de flacons de vie, ajouta le chef de guilde, ragaillardi par sa précédente transaction musclée.

— Désolé, mais vous n'avez plus assez de crédits, les informa le PNJ en affichant un air navré.

Surpris, le guerrier vérifia dans son interface et constata, choqué, que le cadran indiquait zéro.

— Comment c'est possible ? Le compte commun de la guilde était à trois-mille-deux-cents crédits, j'ai tout retiré du coffre de banque ce matin ! Il y a forcément un bug quelque part !

— Tu l'as devant toi, ton bug, intervint froidement Omega Zell en pointant le soigneur du doigt.

Ce dernier était affublé de tout un tas de pièces d'équipement bas niveau, inutiles et dépareillées. Il portait également un énorme panier rempli de familiers, tous plus mignons les uns que les autres, à bout de bras.

— Qu'est-ce qu'il y a ? demanda naïvement Sparadrap en se sentant observé.

Ses compagnons le fusillaient du regard.

— Je n'arrive pas à croire qu'il ait siphonné nos réserves financières pour des objets sans intérêt, gronda l'assassin. Pourquoi t'as pas restreint les conditions d'accès au compte commun ? Tu sais bien qu'on peut faire confiance à personne dans cette foutue guilde ! reprocha-t-il au guerrier.

— Quand je pense que les fonds étaient disponibles pour tous ! réalisa Gaea avec regrets. Si je m'en étais aperçue plus tôt, je…

Elle s'interrompit en voyant Arthéon trembler de colère et virer progressivement au rouge écarlate.

***

Au même moment, dans le monde réel, Stanislas hurla si fort dans son micro que ses voisins, persuadés qu'une agression avait eu lieu au domicile de la famille Châtelain, appelèrent la police.

# NIVEAU 6
## - Mortegarde -

Arthéon bouda trois jours durant avant de refaire enfin surface sur Horizon 1.0. Toujours très en colère à l'encontre de Sparadrap, il avait décidé de canaliser cette frustration en se défoulant sur les monstres de Mortegarde. Pour cela, il avait réuni les membres de la guilde près du portail de téléportation menant jusqu'aux abords de l'instance et, sans attendre, donna ses instructions :

— J'espère que vous êtes prêts, parce qu'aujourd'hui, je n'aurai pas la patience de faire cent-cinquante allers-retours entre le cimetière et ce foutu donjon normalement réservé aux niveaux six ! On n'a peut-être pas pu acheter tous les objets qu'il nous fallait, mais on en a amassé quelques-uns au fil des récompenses de quêtes et on s'est entraînés dur, alors pas de blague !

— N'est-ce pas, Sparadrap… appuya Omega Zell en lui lançant un regard inquisiteur.

— Ne vous inquiétez pas, vous pouvez compter sur moi ! s'exclama le prêtre, motivé comme jamais, en tournoyant sur lui-même et en propulsant des sorts de soin autour de lui.

— Pour ça, encore faudrait-il qu'il te reste du mana... observa Gaea.

Les quatre joueurs approchèrent de l'édifice. Il s'agissait d'un château à moitié en ruine, perché au sommet d'une colline. Sous l'arche de pierres menant à la porte principale se tenait un PNJ vêtu d'une tunique blanche aux motifs rouges, par-dessus laquelle était attaché un patchwork de fourrures de tailles diverses. Une coupole métallique lui faisait office de couvre-chef. Il n'avait l'air ni futé ni dangereux.

— Bon… ponctua Arthéon en stoppant le mouvement. Lui c'est Dardane, vous vous souvenez, on a déjà essayé de l'affronter.

— Oui, c'est le gardien de l'entrée du donjon, précisa le prêtre, fier d'avoir retenu cette information.

— Comment l'oublier ? La dernière fois, on s'est fait dégommer ! maugréa l'assassin.

— Entre-temps, on a pris quelques niveaux, ça passera sans souci, assura le chef de guilde avant de pousser un rugissement bestial dans la foulée.

Cette compétence permettait de provoquer l'ennemi et de focaliser son attention. Dardane brandit son épée et se rua vers le joueur, sans se préoccuper des autres.

— J'adore quand il fait ça, s'extasia le soigneur. Vous croyez que je pourrais le faire un jour moi aussi ?

— Certainement pas, intervint Gaea. C'est réservé au tank !

— Au tank ? s'étonna Sparadrap en imaginant un blindé tout droit sorti de la Seconde Guerre Mondiale. Mais… ça n'a pas de bouche.

— Je sais ce que tu as en tête et ça n'a rien à voir, soupira Omega Zell. Dans un MMORPG, pour constituer un groupe, il te faut un tank, un heal et des dps, certains étant des dps cac et d'autres des dps distance.

Le noob affichait une expression ahurie et semblait s'être figé. Il n'avait rien compris à ce charabia.

— Le tank, c'est celui qui encaisse les attaques de l'ennemi, dit l'invocatrice en prenant le relais. Sur Horizon 1.0, il peut soit le faire avec un équipement très solide au risque de perdre en mobilité, soit en parant les assauts comme le fait Arthéon. C'est pour ça qu'il ne porte ni armure en plaque, ni bouclier.

— Le heal, c'est le terme anglais couramment utilisé pour désigner le soigneur, enchaîna Omega Zell. C'est comme quand on dit hacker au lieu de pirate informatique, ça va plus vite.

— Et dps, c'est le diminutif de dégâts par secondes. Certains sont au cac, c'est-à-dire au corps à corps et d'autres à distance, comme les archers ou les mages par exemple, conclut Gaea.

— Encore que pour les utilisateurs de magie, on parle aussi de caster, précisa l'assassin.

— Oui, mais n'oublie pas qu'on s'adresse à Sparadrap, là... C'est déjà suffisamment compliqué pour lui. On entrera dans les détails progressivement. S'il arrive à saisir le rôle du tank, du heal et des dps au cours de cette instance, on aura fait un grand pas, analysa la joueuse.

— Mouais… ponctua Omega Zell, dubitatif. À mon avis, on l'a déjà perdu, supposa-t-il en observant le noob, figé depuis le début de l'explication. Oublions le champ lexical propre aux MMORPG, on va tâcher d'utiliser des mots simples pour aujourd'hui.

Un hurlement les interrompit. Alertés, ils se retournèrent et eurent juste le temps de voir Dardane et leur chef de guilde s'infliger simultanément un violent coup d'épée. Le joueur explosa en milliers de pixels et de particules lumineuses.

— Mince ! On a laissé Arthéon combattre tout seul ! s'alarma l'assassin.

— Qu'est-ce qu'on fait ? s'inquiéta l'invocatrice, prête à prendre la fuite.

— Pourquoi il nous fonce pas dessus ? s'étonna Omega Zell.

Visiblement, le guerrier n'avait pas trépassé seul. Titubant, le gardien poussa un long râle et tomba lourdement sur le dos, libérant un coffre au trésor.

— J'y crois pas ! Il l'a eu tout seul ! s'extasia le joueur à l'accent du sud, abasourdi par cet exploit.

— Tu parles d'un esprit d'équipe ! s'éleva une voix pleine de reproches.

Arthéon était déjà revenu du cimetière, sous la forme d'un fantôme. Sans attendre, il rejoignit la petite flamme lévitant pile au-dessus de l'endroit où il avait été tué, son avatar se reconstitua et il reprit vie dans un panache de lumière. Dans la foulée, il ouvrit le réceptacle en bois, ramassa la récompense, essentiellement composée de crédits, et dit :

— Merci beaucoup pour votre indéfectible soutien ! ironisa-t-il, en affichant un air énervé. Puisque c'est comme ça, cet argent ne sera pas partagé et ira intégralement dans le coffre de guilde ! Ça remboursera une petite partie de ce qu'on a perdu dans la boutique d'Ardacos.

Gaea émit un gémissement plaintif. Arthéon se montra intransigeant. Il peinait cependant à dissimuler une certaine fierté après ce qu'il venait d'accomplir. Pour éviter de se mettre à sourire bêtement, il ajouta en s'efforçant de prendre un ton sévère :

— Que ça ne se reproduise plus ! Soyez plus attentifs ! J'ai été obligé de boire deux potions de vie pour tenir le coup, j'espère qu'on ne les regrettera pas une fois à l'intérieur…

Il se retourna vers l'entrée du château, désormais accessible, une musique épique s'éleva, il dégaina son épée, la tendit vers l'avant et dit de manière théâtrale :

— Mes amis…

— Oh non… murmura Omega Zell à l'attention de Gaea et Sparadrap. Le voilà qui remet ça avec son roleplay ridicule.

— Depuis que la guilde Noob a été créée, nous n'avons jamais terminé un seul donjon… pas même Mortegarde. Néanmoins, ces derniers mois, c'est avec fierté que je vous ai vu monter vos niveaux et désormais, l'espoir renaît. Ensemble, avons enfin vaincu Dardane, le gardien, et pour la première fois, nous parvenons à atteindre l'entrée. Si nous réussissons, rien ne sera comme avant. Nous pourrons être fiers de nous et afficher notre appartenance à la guilde Noob sur tous les serveurs !

Sur cette tirade passionnée, il poussa un cri rageur et chargea en direction de la porte, laquelle s'ouvrit et laissa apparaître une dizaine de gobelins. Sans ralentir, Arthéon se jeta dans la mêlée, attirant à lui tous les monstres. Cette fois, ses compagnons participèrent au combat.

Gaea se posta à bonne distance, orienta la paume de ses mains vers le sol, puis ondula les doigts et les poignets afin de puiser du mana issu des flux magiques environnants. Une fois sa jauge complètement chargée, elle concentra et propulsa une première salve de particules dorées vers l'ennemi, pulvérisant sa cible à la peau verte. Sparadrap, quant à lui, ne visait pas aussi bien.

— *Mercurocroum* ! lança-t-il en agitant sa baguette dans tous les sens.

Il soignait tout autant le guerrier que les monstres agglutinés autour de lui, prolongeant d'autant plus la durée du combat. Omega Zell se déplaçait furtivement d'un gobelin à l'autre, surgissant dans leur dos et les pourfendant du tranchant de ses mains, faute d'arme à sa disposition.

La confrontation dura une éternité. Arthéon finit par en comprendre la raison en apercevant une énième sphère de couleur verte fuser dans l'air avant d'atteindre un monstre, restaurant l'intégralité de ses points de vie. Contrarié, il préféra agir au lieu de prendre le risque d'expliquer ce qui n'allait pas à Sparadrap en pleine combat. À force d'encaisser des coups, des griffures et des morsures, ses points d'esprit combatif avaient atteint leur maximum. Il avait donc la possibilité de déclencher l'une des compétences les plus dévastatrices de sa barre d'action. Il opta pour une attaque de zone :

— *Grondement infernal* ! cria son avatar en levant la jambe droite avant de l'abattre de tout son poids contre le sol.

Une puissante onde de choc, ayant son pied pour épicentre, se répandit dans toute la salle et expulsa les gobelins contre les murs de pierre. Une majeure partie d'entre eux fut vaincue. Refusant de laisser le chef de guilde lui voler la vedette, l'assassin activa une furie à son tour.

— *Omega slash de l'ultime Apollon* ! s'écria-t-il, avant de se ruer à grande vitesse vers les survivants, encore hébétés par le choc.

Son avatar bougeait tout seul. Aussi vif qu'un félin, il se lança dans un impressionnant enchaînement mêlant coups de poing, de pied, manchettes et balayages. Gaea, de son côté, acheva le dernier ennemi d'un pouvoir magique habilement exécuté.

— Bien joué ! les félicita Arthéon.

À cet instant précis, un sort de soin jaillit de la baguette de Sparadrap, frôla l'épaule du guerrier, traversa la pièce de part en part et se perdit dans l'obscurité, là où les torches enflammées n'étaient pas encore allumées.

— Il va vraiment falloir que tu apprennes à viser… soupira Omega Zell.

Un éclair vert déchira les ténèbres et un hurlement bestial retentit dans un écho assourdissant.

Les joueurs sursautèrent.

— Oh non ! Ton pouvoir a atteint le boss de mi-donjon… s'alarma leur chef en voyant approcher une imposante forme humanoïde au-dessus de laquelle flottait un curseur blanc en forme de tête de mort. Deux yeux flamboyants et menaçants s'ouvrirent, la terre se mit à trembler, de la poussière tomba des murs branlants, la lueur s'intensifia au point de devenir aveuglante et une déflagration désintégra les membres de la guilde.

Les quatre joueurs se matérialisèrent sous l'apparence de fantômes transparents à l'aura bleutée, au milieu d'un cimetière situé à deux pas de l'entrée de Mortegarde.

— Et voilà ! C'était trop beau pour durer… maugréa l'assassin.

— Qu'est-ce qui s'est passé ? demanda l'invocatrice.

Dans Horizon 1.0, la mort de son avatar impliquait diverses pénalités, dont la détérioration de son équipement. La jeune fille, toujours aussi soucieuse de l'état de ses finances, était contrariée à l'idée d'avoir à dépenser des crédits dans la réparation de sa tunique et de ses bottes. Sa journée était d'ores et déjà gâchée.

— À ton avis ? pesta Omega Zell. L'autre noob s'est encore excité sur son clavier sans réfléchir ! Non seulement il nous a mis en difficulté en soignant les gobelins du début à la fin du combat, mais en plus de ça, il est allé réveiller un boss dans la foulée !

— Désolé… couina Sparadrap, préférant se faire tout petit le temps que l'orage passe.

— Le résultat aurait été le même de toute façon, indiqua Arthéon, préférant jouer la carte de l'apaisement.

— Comment ça ? s'étonna le joueur à l'accent méridional.

— Ce gros gobelin survitaminé s'appelle Artanos, j'avais complètement oublié la nature de son pouvoir. Il me semble qu'au moment où ses yeux s'allument, il faut arrêter de le combattre et foncer se réfugier aux quatre coins de la salle. C'est le seul endroit hors de portée de son aura fatale.

— Vous voyez ? En fait, c'était pas ma faute, se défendit le soigneur.

— Oh, toi ça va ! rouspéta l'assassin.

— Ce n'est pas grave, annonça le chef de guilde sur un ton se voulant rassurant. Pour notre premier essai de la journée, on est allés plus loin que toutes les autres fois où on a tenté Mortegarde. C'est encourageant.

— Qu'est-ce qu'on fait ? On retourne jusqu'à l'endroit où on est morts, ou on ressuscite au cimetière ? demanda Omega Zell.

— Étant donné qu'on a été tués assez loin du boss et que la première salle du donjon a entièrement été nettoyée, on ne risque pas d'attirer de nouveaux monstres. Lévitons jusqu'à nos avatars, approuva le guerrier.

Les quatre fantômes flottèrent jusqu'à l'endroit où Artanos les avait pulvérisés. Une fois sur place, une fenêtre de jeu s'ouvrit, leur demandant s'ils souhaitaient revenir à la vie. Ils validèrent et le décor spectral reprit ses couleurs normales. Le premier réflexe de Gaea fut de reculer de quelques pas en direction de la sortie, au cas où le gobelin géant pointerait le bout de son museau avant qu'ils soient prêts.

— Bien ! ponctua Arthéon, alerte. Tout le monde a compris la stratégie ? Quand ses yeux s'allument, on arrête tout et chacun se rue vers le coin de la pièce le plus proche.

— Même s'il y a déjà quelqu'un ? s'intéressa le soigneur, soucieux de ne pas commettre de gaffe cette fois-ci.

— Oui, confirma leur chef. Si ma mémoire ne me joue pas de tour, une fois l'onde de choc passée, il devient inoffensif et particulièrement vulnérable pendant quinze secondes. Durant ce laps de temps, on se jettera tous sur lui pour lui enlever un maximum de points de vie.

— Tu as enregistré, Sparadrap ? lança Omega Zell.

— Bah oui, c'est pas compliqué, se vexa ce dernier.

L'aplomb de sa réponse ne rassura personne.

— Allez ! Go ! s'écria le guerrier en activant sa compétence « *Charge tête baissée* ».

Son avatar partit en trombe et disparut dans l'obscurité. Il y eut un son sourd métallique suivi d'un hurlement bestial retentissant. Les torches s'allumèrent aussitôt, révélant aux joueurs l'ensemble de l'immense salle dans laquelle ils se trouvaient, ainsi que l'emplacement du boss. Arthéon avait percuté de plein fouet la créature à la peau verte, haute de trois mètres, lui faisant perdre l'équilibre. Artanos tituba, gronda, et prit le tank pour cible, permettant aux autres d'entrer en scène.

Omega Zell approcha furtivement, avant de bondir dans le dos de l'ennemi, optimisant l'impact de son attaque. Gaea et Sparadrap, comme la plupart des avatars manipulant la magie, restèrent à distance. Ils chargeaient du mana puis propulsaient diverses incantations à chaque fois que leur jauge était pleine.

La guilde Noob se débrouillait étonnamment bien, si l'on occultait les innombrables sorts de soin manquant leur objectif ou pire, atteignant l'ennemi. Soudain, après cinq minutes d'affrontement, le regard du boss s'embrasa et une intense lueur s'échappa de ses yeux. C'était le moment !

— Ooooonde de choooooooc ! hurla Arthéon en faisant volte-face.

— Viiiiiiiiiiite ! cria Gaea.

Tous étaient dans le bon tempo. Omega Zell se ruait en direction de l'angle le plus proche, lorsqu'il fut percuté par Sparadrap, peinant visiblement à orienter convenablement son avatar. L'assassin perdit l'équilibre et tomba aux pieds du guerrier, lequel, emporté par sa course, trébucha, fit un vol plané et s'étala de tout son long, face contre terre.

— Sparadraaaaaaaap ! Nooooooooon ! beugla le chef de guilde en voyant le décompte atteindre zéro.

Le sol se mit à trembler, une aura jaillit du corps du seigneur gobelin, irradia les alentours et s'étendit progressivement jusqu'à tout avaler sur son passage.

Arthéon, Sparadrap et Omega Zell furent immédiatement téléportés au cimetière, sous la piteuse forme d'ectoplasmes flottant dans les airs.

— Toi ! Je vais trouver où tu habites et je vais t'étrangler de mes propres mains ! s'égosilla l'assassin, hors de lui.

— C'est pas ma faute ! se défendit le prêtre d'une voix plaintive. La boule de ma souris s'est décrochée ! Elle a roulé partout sur mon bureau puis elle est tombée et maintenant, je la trouve plus… ah si ! La voilà ! se réjouit-il, apparemment soulagé.

— C'est quoi cette histoire de boule ? demanda le guerrier, dubitatif.

— Bah vous savez, celle qui permet de faire avancer le personnage.

— Attends… Ne me dis pas que tu n'utilises pas les flèches de ton clavier !

— Bah non, pourquoi ?

— La souris sert à bouger la caméra et le clavier insuffle le mouvement, triple buse ! Tu dois te servir des deux en même temps pour diriger ton avatar ! Et puis en parlant de souris, la tienne n'est pas optique ? réalisa Omega Zell, dont l'accent n'était jamais aussi chantant qu'aux moments où il piquait ses crises.

— Optique ? Le truc pour les yeux ? s'étonna le soigneur, dérouté.

— Mais non ! Je parle de celles avec le laser ! Au cas où tu l'aurais pas encore remarqué, on a changé de siècle ! C'est fini l'époque où on devait démonter la souris, enlever la boule, nettoyer les roulettes et tout remonter pour que ça marche à peu près correctement les cinq minutes suivantes ! T'en as même des sans fil…

— Sans fil ? Avec des lasers ? Ouah, c'est comme dans les films de science-fiction ! s'extasia le joueur.

— Bon… Tu m'enverras ton adresse postale en message privé. Je t'en achèterai une et je la ferai livrer chez toi, sinon on ne va pas s'en sortir, intervint Arthéon en poussant un interminable soupir.

— Trop cool ! Merci ! Merci ! Merci ! répéta Sparadrap, euphorique.

Il ne tenait plus en place.

— Y a pas de quoi…

— Au fait, elle est passée où la fille ? s'étonna Omega Zell.

— Mais... c'est vrai ça, remarqua à son tour le chef de guilde.

Les trois joueurs pivotèrent sur eux-mêmes pour vérifier les alentours, mais ils ne la trouvèrent pas.

— Soit elle s'est déconnectée, soit… s'interrompit l'assassin, abasourdi par l'alternative qu'il avait en tête.

— Soit elle est toujours en vie ! compléta le guerrier, dont le regard s'illumina. Vite ! Si elle tient le coup assez longtemps, on peut retourner jusqu'à nos avatars, ressusciter et reprendre le combat en cours. Tout n'est peut-être pas perdu !

Sans attendre, ils s'élancèrent vers l'entrée de Mortegarde.

— Trop cool ! s'exclama le prêtre. C'est vrai que ça marche mieux avec les touches du clavier et la souris en même temps.

— Tu m'étonnes… se contenta de répondre Omega Zell, blasé.

— Sparadrap, écoute-moi bien. Dès l'instant où on ressuscitera, je compte sur toi pour nous soigner en quatrième vitesse ! On va réapparaître avec seulement dix pour cent de points de vie, au premier coup encaissé, on est cuits.

— D'accord !

— Et priorité à Arthéon, compléta l'assassin. En tant que tank, il va devoir provoquer le boss pour accaparer son attention.

— D'accord ! répéta le joueur à la cape grise en brandissant sa baguette pour s'échauffer.

Ils franchirent l'entrée du donjon, traversèrent l'immense salle jonchée de corps, ceux de leurs premiers adversaires, avant de découvrir avec stupeur celui d'Artanos.

— C'est partiiiiii ! s'écria le prêtre en reprenant vie.

Il approcha de son chef de guilde et le soigna, sans réaliser que le combat était déjà fini. Stupéfait, le guerrier bégaya :

— Mais… Mais co… comment ça se fait ?

— Je lui ai tout simplement réglé son compte, fanfaronna la voix de Gaea.

Elle se tenait sur leur droite, adossée à une colonne en pierres, les bras croisés. Elle semblait avoir attendu leur retour avec impatience, notamment pour voir la tête de ce misogyne d'Omega Zell, lequel, refusant de lui donner ce plaisir, se contenta de répondre en serrant les dents :

— Pffff ! La chance du débutant ! C'est sûr que c'est tout de suite plus simple quand les autres font quatre-vingt-dix-neuf virgule quatre-vingt-dix-neuf pour cent du boulot !

— Qu'est-ce qui s'est passé après l'onde de choc ? s'intéressa le chef de guilde.

— Eh bien… réfléchit l'invocatrice. Il s'est mis à tituber, comme sonné par sa propre attaque. Je me suis contentée d'attendre le plus longtemps possible en accumulant un maximum de mana, puis, juste avant qu'il ne reprenne ses esprits, j'ai utilisé ma compétence la plus puissante et ça a suffi à l'achever.

— Bien joué ! la félicita le guerrier en serrant les poings en signe de victoire.

Il n'en revenait pas, même s'il savait au fond de lui qu'il y avait une certaine logique dans tout ça. Ses compagnons d'armes et lui-même avaient largement dépassé le niveau de cette instance, il était donc normal de voir la barre d'énergie d'un boss de mi-donjon descendre aussi rapidement. Certes, Sparadrap, fidèle à lui-même, avait provoqué une énième catastrophe leur ayant coûté la vie, mais en dépit de ce handicap, ils avaient obtenu des résultats et ça changeait tout ! Même si Gaea ne faisait pas exception au reste de l'équipe, qu'elle avait de sacrés défauts, notamment le fait d'être roublarde, vénale et manipulatrice, ces traits de caractère demeuraient au service d'un instinct de survie surdéveloppé. Voilà qui allait s'avérer très utile dans certaines circonstances ! Arthéon avait le sentiment d'avoir trouvé en elle la pièce manquante, essentielle à l'équilibre de la guilde Noob. Chacun, à sa manière, apportait quelque chose. Omega Zell avait beau être obnubilé par l'apparence de son avatar, misogyne et vantard, sa volonté était inébranlable et son envie de briller n'avait pas d'égal sur Horizon 1.0. Si l'on faisait abstraction des innombrables déconvenues provoquées par son ego surdimensionné, son ratio de dégâts par seconde était plutôt bon. Quant au guerrier, il se savait relativement fiable. Il avait l'expérience du haut niveau, même si sa réputation déplorable auprès des hauts classés combinée à sa phobie des Maîtres du jeu condamnait les siens à un isolement à plus ou moins long terme. Sa propension à la dépression, lorsqu'il repensait à son glorieux passé, n'aidait pas non plus à souder les liens d'un groupe que tout divisait. Malgré ça, il croyait en leurs chances de progresser. Pour cela, il devait leur insuffler un esprit d'équipe ! C'était la clé !

— Je suis fier de vous ! dit-il avec sincérité et émotion.

— Oui bon ça va, t'emballe pas trop… rétorqua Omega Zell. C'était un pauvre boss de mi-donjon vaincu après je ne sais combien de mois de galère.

— Il était temps que j'arrive, fanfaronna Gaea.

— Entre monsieur Pathos et madame J'ai-juste-eu-de-la-chance-mais-je-reste-persuadée-que-ça-vient-de-mon-talent-inexistant, on n'est pas sortis de l'auberge ! maugréa l'assassin.

— Et moi ? Je suis monsieur quoi ? intervint Sparadrap en se prêtant au jeu.

— La bienséance m'interdit de le formuler…

Soudain, une voix d'outre-tombe retentit dans l'immense salle du donjon :

— *Vous avez vaincu Artanos… C'est admirable pour de simples mortels. Je vous félicite, mais savourez bien ce triomphe éphémère, car moi, le Baron de Mortegarde, je jure devant la Source de la mort que ce château sera votre tombeau !*

Les joueurs firent volte-face comme un seul homme et virent un individu dont l'armure de métal recouvrait le corps des pieds à la tête. Ce PNJ aurait été impressionnant s'il n'avait pas été aussi petit. Il devait faire une tête de moins que Sparadrap, autant dire qu'il ne dépassait pas un mètre quarante de haut. Il saisit une épée deux fois plus grande que lui et la brandit vers le plafond. Tous, à l'exception du prêtre, se mirent en posture de combat. Il y eut un grondement, et la foudre transperça la voûte en pierres dans un fracas assourdissant avant de frapper la pointe de son arme. Ce phénomène provoqua un puissant flash, lequel s'estompa aussitôt, laissant apparaître une pièce vide.

— Il est parti… fit remarquer le prêtre.

— Quel sens de l'observation ! se moqua l'assassin.

— Bon, ça va, il n'y a rien à craindre pour le moment. C'était juste un event ! intervint le guerrier, visiblement rassuré.

— Un quoi ? releva le soigneur.

— Un event, répéta le chef de guilde. C'est encore un terme anglais couramment employé par les joueurs de MMORPG. On l'utilise pour les événements scénaristiques durant lesquels les PNJ prennent le pas sur le jeu, comme les cinématiques par exemple…

Il s'arrêta de parler en se rendant compte que Gaea et Omega Zell le fixaient avec des yeux ronds. La jeune fille le pointa du doigt et demanda, abasourdie :

— Depuis quand des propos censés sortent de ta bouche ?

Si c'était bien l'avatar de l'invocatrice qui bougeait et s'exprimait, sa voix grave et empreinte d'un fort accent méridional était celle de l'assassin. En s'en rendant compte, les autres percutèrent enfin.

— Hey ! Vous avez vu comme elle est trop belle mon épée ? Je savais pas que les prêtres pouvaient en avoir une aussi ! s'écria la voix de Sparadrap, euphorique.

En regardant dans sa direction et en découvrant le spectacle navrant d'Arthéon se dandinant en faisant des moulinets mal assurés avec son arme, le tout en affichant un air ahuri, la situation devint claire pour presque tout le monde. Le pouvoir du Baron de Mortegarde avait eu pour effet d'échanger leurs avatars.

# NIVEAU 7

## - Permutation -

Personne au sein de la guilde Noob n'aurait imaginé associer un jour Sparadrap à des propos cohérents et encore moins à une attitude responsable. Aujourd'hui pourtant, c'était le cas, même si les circonstances demeuraient exceptionnelles.

— Récapitulons, dit l'avatar du soigneur à moustache avec la voix grave d'Arthéon. Sparadrap est devenu moi et moi, je suis devenu Sparadrap.

— On peut rester comme ça ? Je trouve ta classe super… classe ! fit ce dernier.

— Ne raconte pas de bêtises et laisse-moi terminer.

— Pardon…

— Et en ce qui vous concerne, Gaea est devenue Omega Zell et vice versa, je ne fais pas d'erreur ?

— Non, répondirent en chœur les deux concernés d'une voix traînante.

— Bon ! Restons calmes et…

— Comment veux-tu que je reste calme ? s'emporta Omega Zell. Je suis coincé dans l'avatar d'une… fille ! Tu imagines si ça venait à se savoir ?

— Je te signale que je me frappe celui de Sparadrap, alors estime-toi heureux ! lui fit remarquer le chef de guilde.

— Oui bah j'aurais préféré, figure-toi !

— À ce point-là ? releva Gaea, outrée.

— Je constate qu'on est tous d'accord pour mettre fin à cette malédiction dans les plus brefs délais, observa Arthéon.

— Moi ça me dérange pas, intervint Sparadrap en laissant son épée lui échapper des mains.

L'arme tournoya un bref instant avant de se planter dans son pied. Sa barre de vie fut délestée d'un point.

— Hey ! N'abîme pas mon avatar ! rouspéta son véritable propriétaire.

— J'ai pas fait exprès… couina son nouvel hôte.

— Rien de ce que tu fais n'est voulu et pourtant, ça arrive. Abstiens-toi simplement de… d'être toi ! maugréa Omega Zell en cherchant tous les prétextes pour râler.

Être connecté sous les traits d'une fille le rendait malade.

— Avant d'aller plus loin, n'oublions pas de récupérer la récompense laissée par le boss de mi-niveau, rappela Arthéon en se dirigeant vers le coffre posé près de la dépouille d'Artanos.

L'avatar du prêtre, dans lequel il était enfermé, l'ouvrit et poussa une exclamation d'émerveillement.

— Des pièces d'équipement !

— C'est vrai ? On va enfin pouvoir faire évoluer nos statistiques ? s'intéressa Gaea.

— Priorité aux anciens de la guilde ! la prévint Omega Zell.

— D'accord. Puisque tu insistes, tu seras le premier servi, accepta la joueuse en affichant un sourire narquois déformant le visage de son hôte.

— Je te vois venir avec tes magouilles d'entourloupeuse ! Ce n'est pas parce que je suis emprisonné dans l'avatar d'une gonzesse que votre naïveté congénitale a déteint sur moi ! J'ai bien conscience que nos rôles sont temporairement inversés, alors tu vas gentiment récupérer MA récompense et la ranger dans MON inventaire.

— Arrêtez de vous chamailler ! Je vous rappelle qu'on est au cœur d'une instance. On doit plus que jamais se serrer les coudes ! Et puis de toute façon, JE suis le chef donc JE répartis. C'est compris dans mes attributions, donc inutile de brasser du vent pour rien, trancha Arthéon avec fermeté.

— Techniquement, jusqu'à ce que la situation évolue, le chef, c'est lui… rétorqua Gaea en indiquant l'avatar du guerrier armé de son épée, affrontant une colonne de pierre en éclatant de rire, dans un combat apparemment épique.

— C'est vrai… soupira son vis-à-vis, résigné, avant d'interpeller son propre avatar :

— Sparadrap, approche s'il te plaît.

— J'arrive ! répondit l'intéressé en trottinant jusqu'à eux.

— Sors le contenu de ce coffre et procède à la répartition du butin, veux-tu ?

— Trop cool ! Depuis le temps que je rêvais de faire ça !

— Profites-en bien, parce que ce sera la seule et unique fois… grommela Omega Zell, anxieux à l'idée de voir le noob se tromper.

— Alooooooors… commença la voix haut perchée de Sparadrap, n'allant pas du tout avec son apparence physique actuelle.

Il sortit une tunique épaisse de couleur bordeaux.

— C'est pour guerrier ! s'écria Arthéon, incapable de contenir sa joie. Je le prends, enfin… Sparadrap, tu le prends pour moi.

— D'accord, s'exécuta le joueur avant de replonger la main dans le coffre et d'en sortir une deuxième tunique, cette fois-ci noire aux broderies écarlates.

— Un équipement pour assassin ! s'emporta Omega Zell, hystérique. C'est pour moi ! Euh non, attends ! Pas pour moi, pour Gaea ! Enfin non, ce n'est pas pour invocatrice, c'est bien pour assassin, mais comme c'est Gaea qui contrôle mon avatar, c'est à elle qu'il faut le donner pour que je puisse le récupérer plus tard, quand on aura de nouveau permuté…

— Quoi ? ponctua Sparadrap, dérouté.

— Passe… souffla la voix de la jeune fille.

Sparadrap lui confia le vêtement et elle en équipa aussitôt l'avatar de l'assassin.

— Hey ! Qu'est-ce que tu fais ? gronda Omega Zell.

— J'optimise tes statistiques. Tu sais, c'est comme ça qu'on fait quand on veut avancer dans un MMORPG… ironisa-t-elle.

— Mais… Mais non ! Ça ne va pas du tout ! protesta la voix grave à l'accent du sud sous les traits d'une jeune fille scandalisée.

— Comment ça ?

— Je ressemble à rien, je… je suis complètement dépareillé ! se lamenta le joueur. Le bas ne va pas avec le haut et je ne parle même pas de mon tabar ! Il n'y a plus aucune harmonie, c'est à rendre un aveugle épileptique ! Laisse ça dans mon inventaire le temps que je trouve le pantalon assorti. En tant que gonzesse, tu devrais te rendre compte de l'importance de ce genre de choses !

— Et toi, en tant qu'assassin, tu devrais te rendre compte que le blanc n'a rien de discret. Je te rappelle que tu es censé te fondre dans l'obscurité pour mieux surprendre tes ennemis. Ta compétence camouflage plafonne à trois, c'est une honte, surtout au niveau dix ! Pas étonnant que les monstres te voient arriver à des kilomètres à la ronde. Tiens, d'ailleurs…

Gaea retira le tabar blanc des épaules de l'avatar dont elle avait la garde malgré elle.

— Sacrilège ! Ne touche pas au tabar de la guilde Justiiiiiiiiiice ! vociféra Omega Zell, fulminant.

— Tu viens de gagner sept points en camouflage d'un simple clic, tu peux me remercier.

— Jamais !

— Vous avez fini ? intervint la voix lasse d'Arthéon, avant de demander :

— Il reste autre chose dans le coffre ?

— Oui, une tunique bleue foncé trop belle ! annonça Sparadrap.

— Elle est pour toi, annonça le chef de guilde.

— Ah bon ? C'est génial !

— Confie-la-moi.

— Mais tu as dit qu'elle était pour moi ! protesta le noob.

— Et je te le confirme, mais au cas où tu l'aurais déjà oublié, tant qu'on n'aura pas vaincu le Baron de Mortegarde et annulé sa foutue malédiction, toi, tu es moi et inversement…

— Euh… hésita son interlocuteur en tendant malgré tout la pièce de tissu d'un geste mal assuré.

— Quelque chose d'autre ? intervint Gaea.

— Non. C'est vide, constata Sparadrap, désolé pour elle.

— Ha ha ha ! se moqua Omega Zell. Elle n'a rien du tout ! Bien fait !

— Je m'en remettrai… soupira la jeune fille, moins affectée qu'on aurait pu l'imaginer.

Les autres l'ignoraient, mais lorsqu'ils se trouvaient au cimetière, elle en avait profité pour ramasser une bourse remplie de pièces d'or pour une valeur totale de huit cents crédits. Bien consciente que cet argent se trouvait dans la poche de son macho de frère d'armes, elle s'était aussitôt ruée vers la sortie de l'instance, jusqu'à une boîte aux lettres repérée en arrivant. Méthodique, la joueuse s'était empressée d'envoyer cette fortune, ainsi que celle d'Omega Zell s'élevant à trois-cent-trente-deux crédits, à destination de son propre avatar. Ensuite, elle était retournée à son point de départ et avait feint d'attendre bien sagement ses compagnons, lesquels n'y avaient vu que du feu. Quand tout reviendrait à la normale, il lui suffirait de récupérer son courrier et le tour serait joué !

L'avatar du soigneur, désormais vêtu d'un pantalon écru, d'une tunique bleu foncé et d'une cape grise, se tourna vers les autres et demanda :

— Tout le monde a récupéré ses points de vie ? Vous avez équipé vos nouvelles tenues ? On peut continuer ?

N'ayant pas l'habitude de voir Sparadrap insuffler le mouvement, les autres eurent un temps d'hésitation avant d'approuver, puis les quatre compagnons s'engouffrèrent dans une ouverture menant sur un long couloir.

— Le guerrier doit marcher devant au cas où des monstres viendraient à notre rencontre, fit remarquer la voix du chef de guilde.

N'obtenant pas de réponse, il formula différemment :

— Sparadrap, prend la tête du groupe.

— Ah pardon ! J'oublie tout le temps que je suis le char !

— Le tank, rectifia Gaea.

— Le tank, oui, répéta le noob, ayant encore du mal avec le jargon propre aux MMORPG.

Ils débouchèrent sur une salle plus petite que la précédente, au milieu de laquelle une vingtaine de gobelins dansaient autour d'un feu de joie.

— Stop ! s'exclama Arthéon, mais comme bien souvent, c'était trop tard.

Les créatures avaient déjà repéré les joueurs et leur bondirent dessus avec férocité.

— Sparadrap, tu dois prendre l'aggro, vite !

— Le gros ? Mais je l'ai déjà ! couina ce dernier, dépassé par les événements.

Il agitait son épée dans tous les sens pour repousser l'ennemi.

— Non, mais dis donc ! J'espère que tu n'es pas en train de parler de mon avatar ! s'offusqua le chef de guilde à travers celui du prêtre.

— L'aggro, c'est ton degré de provocation. Quand on te demande de prendre l'aggro, ça veut dire que tu dois attirer tous les monstres vers toi ! étaya Gaea en assommant l'un d'entre eux d'un violent coup asséné du tranchant de la main par l'assassin.

— Et comment on fait ça ?

— C'est l'icône rouge avec l'ombre d'un visage de profil, la bouche grande ouverte, tout à gauche de ma barre de compétence ! l'informa Arthéon en courant dans tous les sens pour éviter d'être touché.

— Ah OK ! comprit Sparadrap.

Il cliqua sans se tromper, un fait suffisamment rare pour être souligné, et le guerrier poussa un grondement bestial assourdissant. Les créatures à la peau verte, aux grandes oreilles et aux griffes acérées se figèrent, se tournèrent vers lui, répondirent à son cri par une sorte de feulement collectif et se jetèrent sur lui. Le guerrier disparut sous la masse.

— Maintenant, utilise les compétences d'attaque et de parade situées au centre de ma barre d'action, le guida Arthéon tout en cherchant une ouverture pour soigner son personnage, dont la barre de vie descendait dangereusement vite.

Gaea lança l'avatar de son compagnon d'armes au corps à corps pour tenter de dégager la zone à grands coups de poing et de pied.

— Un assassin sans même un petit couteau pour assassiner… c'est honteux ! pesta-t-elle.

— Une invocatrice sans même une petite créature à invoquer… c'est pitoyable ! rétorqua l'intéressé, fier de sa répartie.

— Pfffff ! souffla la joueuse, mouchée pour cette fois, mais bien décidée à riposter à leur prochaine joute verbale.

— *Grondement infernal* ! s'éleva une voix étouffée.

Soudain, les gobelins furent projetés dans les airs avant de retomber un peu partout dans la salle. Certains trépassèrent tandis que d'autres se relevèrent, prêts à en découdre.

— Bien joué ! s'écria Arthéon avant de brandir sa baguette et de propulser une salve de particules verdoyantes en direction de son avatar en criant :

— *Mercurocroum* !

La sphère magique régénératrice fit mouche et une partie de la santé du guerrier fut restaurée. Dans le même temps, l'invocatrice, sous l'impulsion de son hôte, leva les bras au-dessus de sa tête et cria d'une voix masculine tranchant avec son apparence :

— *Tempête de mana* !

Des milliers de particules dorées s'embrasèrent jusqu'à irradier la pièce, avant de se mettre à tournoyer dans un sifflement strident. Les monstres rescapés furent percutés à de multiples reprises avant de s'écrouler les uns après les autres.

— Voilà comment on se sert de la classe invocateur ! fanfaronna Omega Zell.

— Idiot ! Cette compétence ne peut être utilisée qu'une seule fois par heure, lui reprocha Gaea.

— Et alors ?

— Et alors, tu aurais dû la garder pour le boss de fin au lieu de la gaspiller sur une poignée de gobelins moribonds ! étaya la joueuse.

— D'ici à ce qu'on arrive jusqu'au Baron de Mortegarde, elle sera rechargée depuis longtemps, se défendit Omega Zell avec dédain.

— Parce qu'il te faudra tout ce temps pour parcourir les vingt mètres qui nous séparent de lui ? le railla-t-elle.

— Comment ça ? s'étonna-t-il.

— On l'aperçoit à travers la porte qui mène vers l'extérieur. Il est juste là, au milieu de la cour, commenta le noob de la bande en prenant soin de ne pas exposer le guerrier dont il avait la garde.

— Cette fois, nous y sommes ! s'exclama Arthéon en prenant un air grave, tranchant radicalement avec l'expression perpétuellement ahurie du prêtre.

Les autres ne s'y faisaient définitivement pas.

— Sparadrap, distribue les galettes que j'ai achetées chez le marchand pour accélérer la régénération de nos points de vie et de magie, s'il te plaît.

— Elles sont où ?

— Dans mon inventaire.

— Oui, mais où dans ton inventaire ?

— Dans le troisième sac, celui réservé aux consommables.

— D'accord !

L'avatar du guerrier s'exécuta. Les quatre joueurs s'assirent et dégustèrent jusqu'à ce que leurs caractéristiques atteignent leur maximum.

— Nous voilà fin prêts pour le dernier round, annonça Arthéon en se relevant.

— Tu te rappelles s'il existe une stratégie particulière pour ce boss ? demanda Omega Zell.

— S'ils n'ont pas fait de mise à jour entre-temps, la réponse est non. Il encaisse plutôt bien et frappe fort, mais c'est tout. En dehors de ça, si chacun joue son rôle en restant concentré et que tout le monde fait preuve d'esprit d'équipe, il se pourrait que ça passe… annonça-t-il, fébrile malgré tout.

Ils étaient si près du but ! Il n'osait pas se projeter de peur d'être encore plus déçu que les fois précédentes. Il devait ménager son côté dépressif en se montrant réaliste.

— Si je contrôlais mon avatar, je te dirais de ne pas t'inquiéter, mais il est actuellement entre les doigts menus d'une empotée de fille... soupira le joueur à l'accent.

— Qu'est-ce que tu n'as pas compris dans la notion d'esprit d'équipe ? le sermonna le chef de guilde en lui jetant un air sévère.

— Si ça peut te faire plaisir, je vais garder ce que je pense pour moi le temps qu'on en finisse avec cette foutue instance, concéda l'intéressé.

— Prêts ? demanda Arthéon.

— Prêts ! répondirent à l'unisson ses compagnons.

— Très bien ! Sparadrap, cible l'ennemi et appuie sur l'icône « *Charge tête baissée* ».

Il se passa cinquante secondes avant que le noob parvînt à exécuter cet ordre, pourtant simple. L'ambiance était quelque peu retombée lorsque l'avatar du guerrier partit enfin à grandes enjambées vers le boss et le percuta de plein fouet. Il tituba, reprit son équilibre et engagea le combat :

— *Vous avez décimé mes hommes en dépit de ma malédiction ? Quelle audace ! Moi, le Baron de Mortegarde, je vous pourfendrai jusqu'au dernier comme de vulgaires fétus de paille ! En garde !*

Il leva difficilement son épée démesurée, avant de l'abattre devant lui, emporté par son poids. Sparadrap trébucha et s'étala de tout son long, esquivant sans le vouloir la lame à la fois massive et affûtée.

— Il est extrêmement lent et ses assauts plutôt faciles à éviter, le rassura Arthéon. Reste concentré et veille à ce qu'il ne te pourfende pas, ça te tuerait sur le coup, le prévint-il en positionnant le soigneur à une distance raisonnable, avant d'ajouter :

— Quand son épée est plantée dans le sol, il met un certain temps à la retirer. C'est là qu'il faut tout donner pour descendre autant que possible sa barre de vie. Au bout d'un moment, il va s'énerver, sortir un fléau d'armes et l'agiter pour vous éloigner. Il faudra battre en retraite, esquiver à nouveau son épée à deux mains et ainsi de suite jusqu'à son dernier souffle.

— Sur le papier, ça paraît simple, analysa Gaea en assénant des coups de poing dans le dos du boss et des manchettes dans sa carotide, protégée par une cotte de mailles.

— Encore faudrait-il que sa jauge descende… maugréa Omega Zell en propulsant diverses incantations vers le Baron pour un piètre résultat.

— Il est très résistant à la magie, constata le chef de guilde. C'est une épreuve d'endurance.

— Alors ça, ce n'est pas bon pour nous ! en déduisit son compagnon d'armes.

— Pourquoi ?

— Parce que j'en connais un qui peut déraper à tout instant et ça me stresse… étaya l'avatar de l'invocatrice en jetant un regard suspicieux vers celui du guerrier.

Ce dernier s'acharnait sur le boss, sans chercher à esquiver la boule bardée de pics tournoyant au bout de la chaîne du fléau d'armes.

— Sparadrap ! pesta Arthéon. Je t'ai dit qu'il fallait battre en retraite quand il fait ça !

— Pas la peine, ma vie descend presque pas, regarde !

— Si ta barre de vie se maintient dans le vert, c'est parce que je te soigne en continu, gros malin !

— Ouais, tu sais, le truc que tu fais jamais ! surenchérit Omega Zell.

— Si ça marche, je vois pas où est le problème, insista le guerrier par intérim.

— Et quand je n'aurai plus un seul point de mana, comment ça va se finir d'après toi ?

— Oups ! réalisa Sparadrap en reculant aussitôt.

Le Baron de Mortegarde saisit le manche de son épée, tira de toutes ses forces et la souleva.

Au lieu de la brandir au-dessus de sa tête, il se mit subitement à tournoyer, à la manière d'un athlète pratiquant le lancer du marteau, blessant légèrement le guerrier et l'assassin, tous deux surpris par cette manœuvre inattendue.

— Ce n'était pas prévu au programme, ça ! s'alarma Gaea en se baissant de justesse au deuxième passage de la lame.

— Non, en effet, admit Arthéon. J'ignore si à l'époque, on l'avait vaincu sans lui laisser le temps d'en arriver à cette étape ou si les développeurs ont modifié quelque chose entre-temps, mais je ne l'avais encore jamais vu faire ça.

— Qu'est-ce qu'on fait ? demanda Sparadrap, affolé.

— Courez ! Pour l'instant, tenez-vous loin de lui, indiqua le chef de guilde.

En voyant arriver le chevalier court sur pattes dans sa direction, il suivit ses propres conseils.

— Ça va durer encore longtemps ? gronda Omega Zell, agacé par ce jeu du chat et de la souris.

— Trop fort ! s'extasia Sparadrap.

— Qu'est-ce qui t'arrive ? s'étonna Arthéon.

— Son épée m'a encore touché, je suis mort, puis je suis tout de suite revenu à la vie !

— C'est grâce à la bague du Dernier Souffle, expliqua le propriétaire du guerrier. Au moment de trépasser, on a vingt pour cent de chances qu'elle s'active. On a eu une sacrée veine, mais ça veut dire que ta santé est au plus bas. Continue de te tenir à l'écart le temps qu'il termine son assaut.

Le groupe était complètement déstructuré. Certains se rentraient dedans, d'autres trébuchaient et tombaient la tête la première ou encore, percutaient les murs en pierre de plein fouet.

— Au secours, je meurs ! s'écria Gaea, dont les voyants étaient dans le rouge.

— Ça vient ! Ça vient ! grommela Arthéon.

— Viiiiiiite !

— Mais qu'est-ce qu'il a fabriqué avec ses compétences ? Je n'en trouve aucune mis à part le sort *Mercrurocroum* ! Pas étonnant qu'il soit aussi nul, il a tout installé de travers…

— Zut ! J'ai plus de mana. Bon ! Perdu pour perdu, tous sur le boss ! annonça Omega Zell en chargeant dans sa direction.

— Non ! N'expose pas mon avatar, gémit la joueuse.

— Les ennemis de l'Empire doivent périiiiiir ! hurla Sparadrap en suivant l'exemple de son compagnon de guilde.

— *Hansaplastoum* ! résonna la voix caverneuse d'Arthéon.

— Hein ? s'étonna Sparadrap. C'est quoi, ça, *Hansaplastoum* ?

Il tourna la tête et vit son avatar lever les bras, provoquant une tornade de particules vertes restaurant simultanément les trois quarts des points de vie des membres de son équipe. Au même moment, le Baron de Mortegarde, peinant à résister au poids de son épée combiné à la force centrifuge, finit par en lâcher le manche. L'arme traversa la cour du château en tournoyant avant de se ficher profondément dans une paroi. Par chance, personne n'était sur sa trajectoire. L'ennemi, en perte de repères, tituba, comme s'il était saoul. Les joueurs, arrivant au bout de leurs ressources, se regroupèrent et le frappèrent au corps à corps. Une minute leur paraissant interminable s'écoula avant la délivrance :

— *Aaaaaaaargh ! Je… Je ne peux être vaincu ! Je… Je reviendrai* ! agonisa le boss avant de disparaître dans un flash éblouissant et en laissant derrière lui un coffre, beaucoup plus gros que celui d'Artanos.

— On… On a gagné ! s'égosilla le guerrier. On a enfin terminé une instance !

Cette fois, la voix correspondait à l'avatar.

— La malédiction a pris fin, se réjouit Omega Zell, soulagé.

— On est niveau cent ! s'emporta Sparadrap en levant les bras au ciel.

— Faut pas abuser non plus… temporisa Gaea, brisant cet élan d'euphorie.

— Venez voir le butin ! s'exclama le chef de guilde avec des étoiles plein les yeux.

Les autres accoururent. Ils trépignaient comme des enfants le matin de Noël.

— J'en connais un qui va être content, annonça Arthéon en sortant deux vêtements du réceptacle.

— Waaaaaaah ! s'extasia Omega Zell. Le capuchon du Chaperon Rouge Sang et… et le pantalon de Gorgetranche ! C'est génial, ils sont assortis à ma tunique ! Je vais de nouveau être classe !

— Le plus navrant dans tout ça, c'est que si ça n'avait pas été le cas, je suis sûre que tu aurais ressorti ta vieille tenue blanche et noire… soupira Gaea, affligée par tant de superficialité.

— Je ne m'abaisserai pas à répondre à cette remarque venimeuse ! rétorqua le joueur avec dédain, en enfilant son nouvel équipement.

— Quelle chance ! J'ai droit à un plastron en cuir épais, se réjouit le guerrier. Voilà qui va sacrément booster ma résistance !

— Et moi ? Et moi ? s'impatienta le soigneur.

— Désolé, mais il n'y a rien d'autre.

— C'est trop nul of the dead ! couina le prêtre.

— Ne t'inquiète pas, maintenant qu'on a triomphé de ce donjon une fois, la guilde a gagné en puissance grâce au butin récolté. On recommencera autant de fois que nécessaire, jusqu'à ce qu'on soit prêts pour le premier étage de la tour Galamadriabuyak. Aujourd'hui, on s'inscrit enfin dans un cercle vertueux, qui nous mènera jusqu'au…

Arthéon s'interrompit. Il venait de réaliser quelque chose d'anormal.

— Tiens ? C'est bizarre…

— Quoi ?

— Maintenant que j'y pense, ni le boss de mi-donjon ni celui-ci n'a laissé le moindre crédit derrière lui. D'habitude, ce genre d'ennemi ne se limite pas aux récompenses contenues dans le coffre. Il y a toujours une bourse remplie de richesses à côté…

— Tu veux qu'on fasse une requête auprès d'un Maître du jeu ? proposa Gaea en s'efforçant de rester naturelle.

Elle connaissait la phobie de son chef de guilde pour ceux qui avaient jadis banni son premier avatar niveau cent. La réponse fut celle attendue :

— Non, surtout pas ! Je pense que c'est aléatoire, on n'a simplement pas eu de chance, bredouilla-t-il.

ARTHEON
ZELL
GAEA

— Si tu le dis… éluda la jeune fille, satisfaite de sa manœuvre pour rester au-dessus de tout soupçon.

Elle avait profité de l'euphorie générale pour subtiliser les crédits laissés par le Baron de Mortegarde. La joueuse n'avait rien obtenu pour améliorer ses statistiques, mais la journée avait été bonne malgré tout.

— Arthéon, il faut que je te dise un truc, intervint Omega Zell.

— Je t'écoute.

— Finalement, le type qu'on a croisé la dernière fois à la boutique avait raison. Tu dois abandonner ton guerrier et créer un prêtre pour remplacer Sparadrap.

— Maieuh ! protesta ce dernier.

— Désolé, mais j'ai d'autres projets pour mon avatar, déclina le joueur à la barbe fournie.

— Réfléchis cinq minutes, insista l'assassin en prenant un air sérieux. Aujourd'hui, un fait de jeu a retiré à Sparadrap son rôle de soigneur et comme par hasard, on a terminé une instance. La conclusion est pourtant évidente !

— Hey ! Qui est-ce qui a dérangé toutes mes compétences ? rouspéta Sparadrap. Il y a des pouvoirs partout dans ma barre d'action, j'y comprends plus rien ! J'avais fait exprès de mettre juste *Mercurocroum* pour que ce soit facile !

Ses compagnons lui lancèrent un regard navré et l'assassin, dépité, conclut par cette dernière supplique :

— Allez… Déconne pas Arthéon, crée un soigneur s'il te plaît…

# NIVEAU 8
## - Hors-jeu -

À quatre heures et demie du matin, au moment où les couche-tard et les lève-tôt étaient sur le point de se croiser, un étrange bruit résonnait à l'entrée du village de Paröw. Un joueur troublait la quiétude de ces lieux en frappant à intervalles réguliers un gros rocher à l'aide d'une pioche. Un curseur rouge luminescent flottait au-dessus de sa tête.

Soudain, un rectangle de lumière déchira l'obscurité. La source irradiante, aux allures de porte, avait surgi de nulle part. L'individu besogneux, imperturbable, n'y prêta aucune attention. Il demeurait concentré sur son extraction de minerai précieux. Il ne voulait surtout pas l'abîmer.

— Bonjour, mon petit Ash ! Ou bonsoir, c'est comme tu préfères, s'éleva une voix enjouée.

— Un instant… répondit ce dernier sans prendre la peine de se retourner.

— Je t'en prie, l'invita aimablement le nouveau venu sans s'offusquer.

L'homme d'une quarantaine d'années, au long manteau gris argenté et aux lunettes noires, ne semblait pas lui tenir rigueur de cet accueil plutôt froid. Ses cheveux châtain étaient plaqués en arrière et son bouc originalement taillé en forme de trident. Il portait une épée, mais ne ressemblait ni à un joueur, ni à un PNJ. D'ailleurs, il n'était surplombé par aucun point d'exclamation ou curseur.

— Et voilà ! Je suis chanceux, c'est un sacré morceau de rosaphir ! Je vais en tirer un bon prix, se félicita Ash en se redressant.

Il se retourna avec un énorme cristal rose luminescent dans la main gauche. Il regarda son interlocuteur, n'afficha aucune expression et dit sur un ton monocorde :

— Salut, Tenshirock, ça fait un bail !

— Je vois que tu ne comptes pas tes heures pour alimenter le catalogue déjà pléthorique de farmerchinois.com.

— En effet. Et toi, qu'est-ce que tu deviens ?

— Je change un peu d'air, enfin… façon de parler, vu que je n'ai pas bougé de mon fauteuil.

— Mais encore ?

— Je me suis occupé des derniers récalcitrants du MMORPG Marteau de Guerre en ligne. Ils vont annoncer la fermeture de leur ultime serveur dans la matinée. Cette mission étant accomplie, j'avais besoin de voir de nouveaux horizons.

— Très drôle… soupira le joueur de la Coalition, en rangeant son minerai précieux dans son inventaire.

— N'est-ce pas ?

— Marteau de Guerre en ligne était moribond depuis des mois à cause du succès grandissant d'Horizon 1.0, ça n'a pas dû être bien compliqué de l'achever, commenta le farmer.

— Toujours pas décidé à ménager ma susceptibilité, pas vrai ? s'amusa l'homme à lunettes.

— Tu détesterais que je te caresse dans le sens du poil. Je m'efforce d'être pragmatique, rebondit Ash.

— Tu marques un point. À moi d'égaliser et de remettre la balle au centre en te prouvant que je suis capable d'étendre mes objectifs à ce monde virtuel au succès planétaire !

— Laisse-moi te dire que tu as du pain sur la planche, le prévint le joueur.

— Aucun défi n'est trop grand pour mes principes ! s'exclama son vis-à-vis.

— Mouais…

— Je te sens perplexe.

— C'est juste qu'un hacker avec des principes, ça sonne faux.

— Ash, tu sais bien que je ne suis pas qu'un vulgaire pirate informatique. Je ne fais pas ça par plaisir, j'ai un message à faire passer.

— Du moment que tu me donnes les crédits et le contenu de l'inventaire de ceux que tu pirates, moi ça me va…

— Nous en avons déjà parlé. Tu sais bien que je ne fais et ne ferai jamais mon travail à moitié, fit remarquer Tenshirock.

— Que tu supprimes leur avatar pour les empêcher de jouer, je veux bien, mais franchement, quelle différence ça peut faire si tu m'envoies leur argent, leurs artéfacts et leur équipement ? protesta le farmer. C'est du gâchis !

— Tu ne comprends pas... soupira le hacker. C'est pour la symbolique ! Je ne peux pas tirer profit de mon sacerdoce. Si je fais ça, c'est pour dénoncer et contrecarrer un système qui fait des milliers de victimes consentantes chaque jour. Je suis tel Batman au chevet de Gotham City, agissant dans l'ombre, détesté par une partie des habitants et injustement poursuivi par la police en dépit de ses actions salvatrices, enfin... tu vois ce que je veux dire.

— Pas du tout...

— Mais c'est pourtant clair ! s'exclama le pirate informatique avec conviction. Je délivre l'âme de ces jeunes gens vulnérables, emprisonnés dans ces mondes virtuels voraces se nourrissant de leur addiction pour mieux les amputer de leurs plus belles années !

— J'ai décroché à « voraces », lança Ash, en affichant un air blasé.

— Bon... temporisa Tenshirock, avant de poursuivre avec pédagogie :

— Prenons un exemple.

ASH

Il scruta les alentours, porta son attention sur un groupe de trois joueurs, les pointa du doigt et dit :

— Observons cet échantillon de spécimens noctambules…

Arthéon refusait d'éluder la question. Il était hors de question de se déconnecter avant d'avoir démêlé cet épineux problème, un peu trop récurrent à son goût :

— Commençons par toi. As-tu déposé ta cotisation hebdomadaire dans le coffre de guilde ?

Il connaissait déjà la réponse, mais la spontanéité et l'aplomb avec lesquels elle fut donnée le surprirent malgré tout :

— Non ! déclara Omega Zell avec mauvaise humeur.

— Et pourquoi ça, non ? insista le guerrier en prenant un ton sévère.

— Parce que la semaine dernière, quand j'ai voulu piocher dans les fonds communs pour m'aider à réparer mon équipement, je n'ai pas pu ! Et devine pourquoi ? Parce que l'autre noob de Sparadrap a tout claqué pour s'acheter un smourbiff cornu à poils brillants !

— C'est quoi ça ? intervint Gaea, curieuse.

— Un familier, expliqua Arthéon. Ce sont des créatures mignonnes et inoffensives. Tu peux les collectionner dans le cadre de quêtes annexes. Ça sert à…

— À rien ! trancha Omega Zell.

— Bref ! reprit guerrier, soucieux de ne pas laisser la conversation lui échapper. Avant-hier, j'ai restreint encore un peu plus son accès au coffre de guilde, ce n'est donc plus une excuse.

— De toute façon, je suis fauché, maugréa le jeune homme à l'accent.

— C'est faux ! Aujourd'hui, on a terminé suffisamment de quêtes tous les trois pour que tu sois en mesure de verser ta part, lui rappela le joueur barbu aux cheveux longs, intraitable.

— Pfffff ! souffla bruyamment l'assassin en finissant par céder.

Il tendit une petite bourse, Arthéon la saisit, il y eut un tintement métallique et une fenêtre de jeu valida la transaction.

— Mes cours commencent dans trois heures, il est temps pour moi de me déconnecter, annonça l'invocatrice, l'air de rien.

— Hop ! Hop ! Hop ! l'interrompit le chef de guilde. Pas si vite ! Il me semble que tu oublies quelque chose…

— Qui ça ? Moi ? s'étonna-t-elle en feignant d'être prise au dépourvu.

— Le registre est formel, tu n'as pas payé non plus.

— Ah bon ? Tu n'as rien reçu ? À mon avis, c'est un bug, il faudrait faire une requête auprès d'un Maître du jeu, suggéra-t-elle.

— Si tu crois que cette rengaine marchera à tous les coups, tu te fourres le doigt dans l'œil, s'indigna Omega Zell. File-lui ta part qu'on n'en parle plus !

— Ah oui, ça me revient ! rebondit aussitôt Gaea. En fait, j'ai confié la somme à Sparadrap. Il m'a assuré qu'il te la remettrait en mains propres.

— Mytho… s'agaça l'assassin.

— Pourvu qu'il n'ait pas tout dépensé, s'inquiéta-t-elle de manière théâtrale. Si c'était le cas, je ne m'en remettrais pas ! J'ai passé des heures et des heures à récolter le montant de la cotisation jusqu'à son dernier crédit. Vous me connaissez, je mets un point d'honneur à tenir mes engagements, mais en tant qu'étudiante, il m'est extrêmement difficile de concilier mes vies réelle et virtuelle. Cette semaine, j'étais si épuisée que j'ai oublié de nourrir Titi, mon canari, et la pauvre petite bestiole est morte de faim ! Je m'en veux tellement ! Si seulement je n'étais pas cernée par toute cette pression financière ! Entre mes études, mon loyer, mon abonnement Internet, à Horizon 1.0, l'eau, l'électricité, les transports en commun ou encore la nourriture, quand j'ai la chance d'avoir deux repas par jour, je ne sais plus comment joindre les deux bouts. Alors, imaginez ma détresse si en plus de tout ça, je venais à crouler sous les dettes jusque dans le jeu…

Elle se mit à sangloter en reniflant bruyamment.

— Je… Je crois que je fais un burnout… Peut-être serait-il plus sage de quitter définitivement ce MMORPG… Adieu mes amis…

— Euh… Bon, ça va pour cette fois. Je t'exonère de cotisation, bafouilla Arthéon, ému par cette tirade digne des plus grandes dramaturgies.

— Quoi ?! s'écria Omega Zell, scandalisé. Ne me dis pas qu'elle a réussi à t'embobiner avec ses excuses bidons !

— Amateur… chuchota discrètement la jeune fille à l'oreille de l'assassin.

Ash et Tenshirock avaient été témoins de toute la scène.

— Quel exemple éloquent ! Je n'aurais pas pu trouver meilleure illustration pour étayer mes dires ! se félicita le hacker.

— Et en français, ça donne quoi ? soupira le farmer.

— Mais enfin, c'est évident ! Cette pauvre fille représente l'archétype même de la victime des MMORPG !

— Moi je dirais que c'est plutôt le canari la victime, commenta son interlocuteur.

— Imagine quelle serait sa vie si on retirait les mondes virtuels de l'équation. Elle économiserait le prix de l'abonnement, dormirait huit heures par nuit, attaquerait sa journée pleine d'énergie, ses résultats scolaires s'en verraient améliorés et pour couronner le tout, elle pourrait travailler après ses cours pour subvenir à ses besoins pour une sérénité optimale !

— Tout un programme…

— Tu l'as dit ! Je vais devoir m'organiser pour sauver tous ces gens.

— Et comment tu comptes t'y prendre ? demanda Ash, intrigué.

— En les aidant à ouvrir les yeux sur un point essentiel et irréfragable ! Le temps passé dans ce jeu est perdu pour toujours. Tels des pantins, ils s'échinent à créer des avatars, à monter leurs niveaux, à les équiper, à soigner leur réputation auprès de PNJ au comportement prévisible et limité alors qu'au final, une simple ligne de code suffit à effacer le fruit de plusieurs années de dur labeur. Quand ils réaliseront cela, ils quitteront définitivement le jeu pour un monde meilleur. Démonstration !

Tenshirock claqua des doigts.

Au même moment, l'épée d'Arthéon disparut. Surpris, le joueur fouilla dans son inventaire, mais l'icône de son arme n'y figurait plus. Pris de panique, il s'écria au moment où ses compagnons s'apprêtaient à se déconnecter :

— Mon épée !

— Quoi ton épée ? répéta Omega Zell en bâillant.

— Elle vient de s'effacer sans laisser de trace !

— C'est bizarre, commenta Gaea. Tu es sûr de ne pas avoir fait une fausse manip ?

— Certain, je n'avais même pas ouvert mes options quand ça s'est produit, expliqua leur chef de guilde. Je... Je crois que ça recommence. Ils sont en train de supprimer mon perso. Ils commencent toujours par les armes, puis vient l'armure et enfin l'avatar. Ces sadiques vont me démanteler pixel par pixel !

— Mais non, calme-toi, le rassura l'invocatrice. Il suffit de faire une requête auprès des Maîtres du jeu pour leur signaler un bug, et...

— SURTOUT PAS ! beugla Arthéon, à la fois paniqué, effrayé, en colère et désespéré.

Pris de démence, il hurla :

— Si je dois tout perdre une seconde fois, je jure qu'il n'y en aura pas de troisième ! Ah ça non ! Je ne leur ferai pas ce plaisir ! Je quitterai définitivement Horizon 1.0, puis je me laisserai dépérir dans la vraie vie jusqu'à passer l'arme à gauche pour qu'ils aient ma mort sur la conscience !

Le farmer semblait décontenancé par cette réaction excessive, tandis que le hacker affichait un air satisfait.

— Tu vois ? Il le dit lui-même. S'il perd tout, il arrête de jouer. CQFD.

— Je l'ai aussi entendu dire qu'il se suiciderait, fit remarquer le joueur.

— Mon travail consiste à les renvoyer dans le monde réel. Celui des psychologues, voire des psychiatres, consiste à les y garder. Il faut apprendre à déléguer, mon petit Ash, je ne peux pas être partout à la fois.

— Mouais… soupira ce dernier.

— Hey, vous deux ! les interpella une voix à l'accent méridional. Vous n'auriez pas vu une épée dans le coin ? Mon pote a perdu la sienne. On vérifie qu'elle ne soit pas réapparue un peu plus loin.

Le hacker et le farmer se tournèrent et virent Omega Zell venir à leur rencontre.

— Désolé jeune homme, mais vous perdez votre temps, répondit Tenshirock.

— Comment ça ?

— C'est moi qui l'ai supprimée et comme je ne fais pas mon travail à moitié, même les développeurs seraient bien incapables d'inverser le processus.

— Quoi ? Espèce de…

— Allons, gardez votre calme, il n'y a rien que vous puissiez faire, le prévint l'homme aux lunettes noires et au long manteau argenté.

— On est peut-être dans une zone neutre où les combats sont interdits, mais pour vous deux, je vais prendre le risque de perdre des points de réputation ! les menaça l'assassin.

— Vraiment ? s'amusa le pirate informatique, conscient que son adversaire ignorait tout de sa véritable nature.

— Je vous laisse vous amuser, déclara Ash, sans entrain. J'ai perdu assez de temps comme ça, je retourne récolter des minerais. À plus tard.

— À plus tard, le salua Tenshirock.

— Des minerais ? intervint Gaea en prenant la conversation en cours. Il y a de bons filons dans le coin ? s'intéressa-t-elle.

— Oui, mais cette information n'est pas gratuite…

À quelques mètres de là, Arthéon, le moral au plus bas, aperçut l'invocatrice en pleine conversation et reconnut aussitôt son interlocuteur. Alarmé, il s'exclama :

— Ash le farmer chinois ! Oh non, pas lui ! Gaea est si désespérée qu'elle va faire la même erreur que moi à l'époque ! Si elle lui achète quelque chose avec du véritable argent, c'en est fini de son avatar ! Ce cauchemar ne s'arrêtera donc jamais ?

Soudain, une folle théorie lui traversa l'esprit. Et si ce n'était pas une coïncidence, mais un test ? Peut-être que les Maîtres du jeu l'observaient ? Qu'ils attendaient de voir sa réaction pour décider s'ils devaient supprimer ou non le reste de son inventaire, voire son avatar ? N'était-ce pas là une occasion de prouver qu'il avait changé ? Submergé par sa paranoïa, il décida d'agir :

— Gaeaaaaaaaaa, noooooooon ! s'égosilla Arthéon en partant en trombe dans sa direction.

— Hein ? s'étonna-t-elle en se retournant.

— Ne fais pas ça, je t'en conjure ! Tu paieras ta cotisation quand tu le pourras, et si tu n'arrives pas à suivre le rythme, ce… ce n'est pas grave, on fera sans !

— Vraiment ? Merci beaucoup, s'émerveilla l'invocatrice, n'en demandant pas tant. Il faut absolument qu'Omega Zell entende ça ! Où est-il passé ?

Le guerrier fut le premier à le localiser et là encore, il reconnut l'individu se tenant près de lui. Son sang ne fit qu'un tour :

— Omega Zeeeeeeeeell, noooooooooon ! cria-t-il en s'élançant derechef.

— Qu'est-ce qui lui arrive ? demanda Ash en levant un sourcil, perplexe.

— Sans doute le manque de sommeil, supposa Gaea.

Elle non plus ne comprenait pas le comportement de son chef de guilde.

— Quand je t'aurai campé pendant vingt-quatre heures non-stop, je te traquerai sur tous les forums jusqu'à savoir qui tu es et où tu habites ! Je vais devenir ton pire cauchemar, alors rends l'épée ou il va t'arriver des bricoles ! menaça l'assassin.

— Tais-toi ! Ne dis plus un mot et présente-lui tes excuses ! lui ordonna Arthéon, fébrile.

— Et puis quoi encore ? s'indigna son compagnon d'armes. Tu sais ce que cet espèce de cosmonaute raté tout droit sorti de la vieille série Star Trek des années soixante a fait, au moins ? Tu devrais l'écouter avant de jouer les pères moralisateurs…

— Peu importe ! Supplie-le de te pardonner, il en va de l'avenir de ton compte sur Horizon 1.0 ! insista le guerrier.

— Qu'est-ce que tu racontes ?

— Ce n'est pas un joueur !

— Quoi ? Tu veux dire que c'est un Maître du jeu ?

— Tu n'y es pas du tout ! Il s'appelle Tenshirock, c'est le pirate informatique le plus célèbre de la sphère des MMORPG ! Aucun développeur n'est jamais parvenu à contrecarrer ses plans ! étaya le chef de guilde.

— La flatterie est une ruse vieille comme le monde, releva le hacker en affichant un large sourire. En temps normal, cela ne vous aurait mené nulle part, mais mon détecteur de mensonges ne détecte aucune tentative de duperie. Il semblerait que vous soyez honnête. Je prends donc ce compliment avec plaisir et décide de faire preuve de clémence à l'encontre de votre fougueux camarade.

— M… Merci Monsieur, bredouilla Arthéon.

***

Une trentaine d'heures plus tard, après une dure journée passée à somnoler sur les bancs de la faculté, puis une longue nuit de sommeil réparateur, Gabrielle Jolivet, requinquée, se connecta à Horizon 1.0.

***

L'avatar de Gaea apparut là où elle l'avait laissé. Le village de Paröw était particulièrement animé ce matin. Une foule de plusieurs centaines de joueurs hilares s'était amassée sur la place principale.

— Non, ce n'est quand même pas... murmura la joueuse pour elle-même en affichant un sourire amusé.

Elle se dirigea vers l'origine de toute cette agitation. Après avoir joué des coudes pour se frayer un chemin, elle pouffa de rire. Omega Zell, en caleçon, se dandinait dans une sorte de danse ridicule au sommet d'un piédestal en pierre sur lequel était gravé :

« *Omega Zell, assassin de niveau 10, en représentation pour vous divertir.* »

— Pitié ! Aidez-moi ! Je ne peux ni me déconnecter ni faire de requête auprès des Maîtres du jeu. Mes commandes sont bloquées... se lamenta le joueur.

— Tant mieux ! Les Maîtres du jeu seraient capables d'effacer ton avatar pour t'être fait pirater, commenta Arthéon, toujours aussi paranoïaque sur ce sujet.

— C'est trop nul ! On peut même pas monter sur la scène pour danser avec toi, se plaignit Sparadrap, bougon. Tu pourrais partager un peu, on voit que toi !

— Mesdames et Messieurs, à votre bon cœur ! intervint Gaea en tenant une bourse en cuir grande ouverte. Encouragez notre danseur vedette avec quelques crédits ! Je vais passer dans les rangs et faire appel à votre générosité.

— Tu me le paieras ! vociféra l'assassin, au bout du rouleau.

# NIVEAU 9

## - Injustice -

La région des Bois Paumés, d'ordinaire réservée aux débutants, demeurait parcourue par des joueurs de haut niveau partisans de l'Empire, se rendant à la Chambre des Guildes pour régler diverses obligations logistiques, financières et administratives.

— Arthéon ! s'exclama une voix masculine à l'accent du sud.

Il n'y eut aucune réponse.

— Arthéon ! s'impatienta l'assassin, équipé de son tout nouveau set noir aux motifs rouges.

Toujours rien.

— ARTHEON ! cria-t-il.

— QUOI ? beugla le guerrier, à bout de nerfs.

— Ça fait deux heures qu'on tourne en rond ! Ça commence à être lourd, j'en ai marre ! fulmina Omega Zell.

— On marchera le temps qu'il faudra ! hurla le chef de guilde, furieux.

— Eh oh ! Tu pourrais être un peu plus aimable ! s'égosilla son compagnon. Je te signale que je suis là pour t'aider ! Puisque c'est comme ça, débrouille-toi ! s'emporta-t-il en tournant brusquement les talons.

— Non attends ! Je…

Arthéon respira un grand coup pour se calmer, avant de reprendre plus sereinement :

— Désolé… Mais il faut me comprendre ! Après les Maîtres du jeu, voilà qu'un pirate informatique complètement illuminé s'en prend à moi. À chaque fois que je fais un pas en avant, on me dépouille sans vergogne et on me renvoie dans les cordes ! C'est injuste ! Qu'est-ce que j'ai fait pour mériter ça ?

— Et moi alors ? Je me suis retrouvé à danser comme un imbécile au vu et au su de tout le monde ! Mon calvaire a duré plus de deux jours, et en caleçon qui plus est, histoire que l'humiliation soit totale ! On parle de moi sur tous les forums, je suis devenu la risée d'Horizon 1.0 et probablement au-delà !

— Oui, mais toi, tu l'as copieusement insulté avant de le menacer. Malgré ça, il n'a rien effacé dans ton inventaire. Excuse-moi, mais compte tenu des circonstances, je trouve que tu t'en sors plutôt bien ! analysa le guerrier avec une pointe de jalousie.

— J'ai perdu mon honneur pour toi !

— Tu le retrouveras…

— En faisant partie de la guilde Noob ? Tu rêves ! ironisa Omega Zell, amer.

— Dans ce cas, qu'est-ce que je devrais dire avec mon guerrier niveau cent banni à jamais, soupira son compagnon. Quoi qu'il en soit, je t'assure que tu as vraiment eu chaud. Si je connais Tenshirock le hacker, c'est parce qu'à l'époque, il s'en était pris au coffre de la guilde Justice, c'était l'horreur ! Certains se sont suicidés et, pire encore, d'autres ont définitivement quitté Horizon 1.0…

— Euh… Tu es sûr de ton ordre de gravité, là ? releva son interlocuteur.

— De quoi ?

— Laisse tomber, abandonna l'assassin. Chaque chose en son temps. Oublions tous ces motifs de contrariété et concentrons-nous sur notre objectif, suggéra-t-il.

— Tu as raison. On n'ira pas loin avec un tank désarmé, acquiesça Arthéon.

— Exactement ! Trouvons le PNJ caché dans cette foutue forêt et terminons la quête de l'Épée des Quatre Vents, histoire de passer à autre chose.

— Le problème, c'est qu'il apparaît de manière aléatoire dans cette région. Mis à part arpenter cette zone d'Olydri en long, en large et en travers jusqu'à ce qu'on tombe enfin sur lui, il n'y a pas grand-chose à faire…

— Je sens que la journée va être longue… maugréa Omega Zell. Bon ! Je veux bien continuer à te filer un coup de main, mais je te préviens, hors de question que tu continues à broyer du noir en tirant la tronche !

— J'aimerais bien t'y voir si on t'avait tout pris à toi aussi…

— Tu l'avais mérité et tu le sais parfaitement ! intervint une voix féminine glaciale au ton inquisiteur.

— Qui c'est celle-là ? demanda l'assassin avec dédain.

— Saphir ! s'écria Arthéon. Tu joues encore à Horizon 1.0 ?

— Évidemment ! Que voudrais-tu que je fasse d'autre ?

L'inconnue, partisane de l'Empire, incarnait un avatar de classe paladin. Elle portait une chemise blanche aux manches bouffantes, un corset, un pantalon et une cape noirs. Ses longs cheveux bruns et lisses virevoltèrent au vent avant de retomber sur ses épaules.

— En tout cas, je suis content que tu me parles encore, la remercia le guerrier avec reconnaissance. À chaque fois que je croise l'un de mes anciens frères d'armes, soit il m'ignore, soit il fait semblant de ne pas se souvenir de moi…

— Ce n'est pas mon genre, mais ça ne veut pas dire que je cautionne ou pardonne ton acte inqualifiable ! précisa-t-elle, inflexible.

— Je comprends. Mais constate par toi-même, j'ai été puni et pas qu'un peu ! Tu es au courant de ce que je suis devenu ? Tu as devant toi un misérable guerrier bloqué au niveau dix depuis une éternité, chef de la guilde tout en bas du classement général et… je n'ai même plus d'épée !

— Effectivement, je pense que c'est un juste châtiment, approuva-t-elle, sans une once de compassion. Avec tout ça, tu devrais retenir la leçon.

Omega Zell approcha d'Arthéon et lui murmura :

— Dis… Elle fait partie de la guilde Justice ?

— Oui. Il nous est arrivé de jouer côte à côte à l'époque.

— Et… C'est une vraie… fille ?

— Jusqu'à preuve du contraire, oui, confirma le joueur à la barbe hirsute.

L'assassin se raidit, à la fois anxieux et tiraillé par cette nouvelle effroyable ! Jusqu'à présent, il ne s'était intéressé qu'à Fantöm, leur champion à la fois charismatique et viril. Il ne se doutait pas que des filles étaient capables d'atteindre l'élite tout en gérant le ménage, le repassage, les courses, la cuisine, sans oublier toutes ces séries à l'eau de rose dont elles ne manquaient aucun épisode. Cette donnée inédite était incompatible avec sa conception de la gent féminine. Omega Zell se remuait les méninges pour trouver un raisonnement répondant à sa logique pour le moins… singulière. Il finit par trouver une hypothèse tangible : la promotion canapé ! Cette joueuse devait être la copine d'un membre important de leur organigramme, une pistonnée sans importance, en somme.

— Bon, c'est pas tout ça, mais j'ai douze entretiens à faire passer d'ici la fin de la journée. Contente de t'avoir revu, Arthéon. Je te souhaite de trouver ta rédemption.

— Merci.

— Des entretiens ? chuchota l'assassin, intrigué, en la suivant du regard jusqu'à ce qu'elle sorte de son champ de vision.

— Saphir est la directrice des ressources humaines de la guilde Justice. Aucune admission ne peut être décidée sans son jugement implacable, expliqua le guerrier. Elle fait partie des membres fondateurs.

Omega Zell ne trouva pas les mots. Il était anéanti. S'il voulait réaliser son rêve et jouer aux côtés de Fantöm, son idole de toujours, il allait devoir être jugé par une femme. C'était un cauchemar !

— C'est… c'est de la discrimination ! s'indigna-t-il.

— Ha ha ha ! se moqua son chef de guilde ayant visiblement retrouvé le sourire. Allez, dépêchons-nous. Je sais comment trouver le PNJ.

— Hein ? Comment ça ? Je croyais qu'on ne pouvait tomber dessus que par hasard, s'étonna l'assassin.

— En fin de compte, il semblerait que ce soit plus subtil que ça. Quand j'ai mentionné le fait que je n'avais plus d'épée, Saphir m'a envoyé un message privé dans lequel elle m'explique comment m'en procurer une dans cette région. Etant donné qu'il n'y a pas trente-six-mille quêtes offrant ce type d'arme dans les Bois Paumés, ses informations sont directement liées à notre objectif. Elle y décrit une astuce, écoute…

— Je t'écoute.

— Non, pas moi.

— Qui alors ?

— Chut !

Les deux joueurs tendirent l'oreille et, au bout d'une poignée de secondes, perçurent une faible mélodie portée par la brise.

— Tu entends ça ?

— On dirait un genre de flûte, analysa Omega Zell.

— Exactement ! Il faut suivre la musique. Si le volume augmente, ça veut dire qu'on approche de notre objectif et s'il diminue, qu'on s'en s'éloigne, étaya Arthéon avec enthousiasme.

— Attends… C'était aussi simple ?

— Disons que si on ne connaît pas le truc, ça ne tombe pas forcément sous le sens. Allez, suis-moi.

Les deux membres de la guilde Noob se mirent à trottiner en se fiant à leur ouïe. Les premières décisions furent laborieuses et leur orientation hésitante, mais à force d'insister, ils finirent par trouver le PNJ.

— Aaaaaah ! Le voilà ! se réjouit le guerrier bedonnant en pointant du doigt un lutin vêtu d'une tunique et d'un bonnet verts, jouant de l'ocarina.

— Eh bé ! C'est pas trop tôt, rouspéta son compagnon.

À leur approche, le petit bonhomme s'interrompit et leur dit d'une voix haut perchée :

— Je vous salue, aventuriers. Je vous félicite pour avoir résolu l'énigme des Bois Paumés !

— Merci à toi, lutin. Je requiers ton aide pour m'emparer de l'Épée des Quatre Vents, répondit Arthéon en pratiquant le roleplay auquel il tenait tant.

Omega Zell leva les yeux au ciel. Il trouvait cette pratique théâtrale totalement ridicule, surtout pour des joueurs n'ayant aucun talent en termes d'acting.

— Si tel est ton désir, alors je vais t'enseigner une mélodie aux pouvoirs mystérieux. Elle fera apparaître l'arme que tu convoites et en brisera le sceau.

Le PNJ joua quelques notes, lesquelles apparurent à l'écran.

— À toi, l'invita la créature sylvestre en lui tendant l'ocarina.

Arthéon le saisit, le porta à ses lèvres et s'appliqua à reproduire la mélodie. Dès l'instant où la dernière note retentit dans un écho mystique, le vent se leva. Une bourrasque souffla depuis le nord, puis le sud, l'est et enfin l'ouest. Les bourrasques se mêlèrent, s'intensifièrent, tournoyèrent, des éclairs claquèrent et le phénomène se dissipa aussi vite qu'il était apparu. L'emplacement de l'Épée des Quatre Vents venait d'être révélé.

— Cool ! s'exclama l'assassin.

— Tiens, prends cet instrument.

— Pour quoi faire ?

— C'est une quête de groupe, précisa Arthéon. Tu dois reproduire chaque note pour briser le sceau au moment où je tenterai de l'extraire de son socle.

— Quoi ? Tu veux que je joue de l'ocarina en me dandinant comme vous venez de le faire, le lutin et toi ? protesta Omega Zell, indigné.

— Tu peux rester immobile si tu préfères.

— Mon œil ! Ça fait partie de la cinématique ! rétorqua le jeune homme, lucide sur ce qui l'attendait. Pffff ! Comme si j'avais pas eu ma dose de ridicule après le sale coup de Tenshirock le hacker ! souffla-t-il en se remémorant son calvaire.

— Dis-toi que tous les membres de la guilde Justice ayant eu besoin d'une épée à leurs débuts sont passés par là, fit remarquer le chef de guilde.

— Même ta copine Saphir ?

— Oui.

— Ha ha ha ! se moqua l'assassin. Elle est tellement rigide que j'ai du mal à l'imaginer se trémousser. Qu'est-ce que je donnerais pas pour voir Madame Je-suis-dans-la-guilde-Justice-alors-que-je-sais-pas-jouer-parce-que-je-suis-jamais-sur-le-terrain-vu-que-j'occupe-mes-journées-à-faire-passer-des-entretiens faire cette quête humiliante… En plus, je sais pas si tu as remarqué, mais elle a fait comme si j'existais pas ! Pas un regard, ni même un bonjour.

— Bonjour… s'éleva la voix de l'intéressée dans un timing parfait.

Omega Zell sursauta et poussa un cri beaucoup plus aigu qu'il ne l'aurait voulu.

— Toi… euh… Vous… bafouilla-t-il.

— Je reviens de la Chambre des guildes. J'ai terminé mes entretiens. Les postulants sont tous recalés. Le moins pire d'entre eux a tenu huit secondes… précisa-t-elle, glaciale.

— Je… je suis grillé… Je suis grilléééééé ! Nooooooon ! Je n'entrerai jamais dans la guilde Justiiiiiiiiice ! hurla l'assassin d'une voix éraillée en prenant ses jambes à son cou.

Arthéon et Saphir le suivirent du regard en affichant une expression blasée.

— Et dis-toi que c'est loin d'être le pire de ma nouvelle équipe, commenta le guerrier en ramassant l'ocarina laissé derrière le fuyard.

— C'est à peine croyable, s'indigna la joueuse.

Le chef de guilde décela même une pointe de compassion dans sa remarque, chose rarissime chez elle.

— Finalement, peut-être que je devrais parler de toi aux autres, supposa Saphir, pensive.

— Vraiment ? s'étonna l'intéressé.

— Oui, ce qui t'arrive ferait une excellente campagne de prévention contre la triche dans les MMORPG.

— Ah, ponctua Arthéon, dont le faible espoir de voir sa condition évoluer de manière radicale s'était aussitôt envolé.

Il hésita un instant avant d'ajouter :

— Dis, je peux te demander quelque chose ?

— Quoi donc ?

— Vu que je suis tout seul, tu veux bien jouer la mélodie à la place d'Omega Zell, le temps que je puisse retirer l'épée ? S'il te plaît…

Saphir lui lança un regard éloquent. Un silence pesant s'installa, au bout duquel elle finit par lui arracher l'ocarina des mains avant de jouer les notes enseignées par le lutin. Le sceau fut levé, le guerrier s'empara de l'arme et se retourna aussitôt pour remercier son ancienne partenaire de guilde, mais elle n'était déjà plus là. L'instrument de musique était posé par terre au milieu des Bois Paumés.

# NIVEAU 10
## - Capture d'écran -

Après huit mois d'aventures dans le monde virtuel d'Olydri, Gaea se montrait bien incapable d'en dresser un bilan. Elle ignorait quoi penser de ses premiers pas sur Horizon 1.0. Il lui arrivait de réussir de jolis coups en subtilisant des crédits ici et là, mais son admission dans la désastreuse guilde Noob l'avait coupée des réalités de ce jeu. Faute d'éléments de comparaison, elle ignorait combien de temps mettaient les joueurs normaux à atteindre les hautes sphères. Le fait de plafonner au niveau dix depuis des lustres commençait sérieusement à l'inquiéter. Ce MMORPG étant en plein essor, des centaines de joueurs débutants apparaissaient chaque jour et fourmillaient dans les zones de départ. Cette constante effervescence lui donnait l'illusion de ne pas être à la ramasse, mais rares étaient les visages devenant familiers. Sans doute parce que tous finissaient par passer leur chemin. Tous sauf eux ! À ce constat alarmant s'ajoutait leur routine, rythmée par des quêtes laborieuses toujours localisées dans les mêmes régions, et par le fait de recommencer encore et encore le donjon de Mortegarde. Ayant récupéré tous les butins que cette instance avait à offrir, il n'y avait plus le moindre enjeu. Il devenait urgent d'aller de l'avant ! Fermement décidée à y remédier, elle avait demandé à Arthéon d'organiser une réunion à la taverne de la Bonne Bedaine pour trouver une solution.

Sur la route, une voix familière attira son attention.

— C'est lui… C'est vraiment lui ! Je n'arrive pas à y croire ! Si seulement je trouvais le courage d'aller lui parler, murmura Omega Zell.

Gaea s'arrêta, reconnut l'accent de son compagnon de guilde, le chercha un instant du regard et l'aperçut. Sa tête était fourrée dans un buisson et le reste de son corps se dandinait derrière. Il semblait espionner quelqu'un. Intriguée, elle approcha pour en savoir davantage.

— Admettons que je lui demande… Et s'il me snobait ? Oh non ! Ce serait horrible ! Je préfère ne pas y penser…

— À qui tu parles ? l'interrompit la joueuse en lui lançant un regard suspicieux.

L'assassin sursauta et poussa un petit cri aigu qu'il étouffa aussitôt en plaquant ses mains contre sa bouche. Il vérifia que personne ne l'avait entendu, prit une profonde inspiration le temps de laisser les battements de son cœur reprendre leur rythme normal, puis vociféra à voix basse :

— Non mais ça va pas d'arriver furtivement dans le dos des gens ? J'ai failli avoir une attaque !

— Qu'est-ce que tu fabriques à marmonner sans raison ? Je sais ! Tu répètes secrètement pour ton prochain show de go go dancer !

— Très drôle ! Tu dois être la quarante-cinquième comique du jour à me vanner sur ce que m'a fait subir Tenshirock le hacker… maugréa son interlocuteur.

— Quarante-cinq ? C'est tout ? Je suis déçue, on est encore loin du buzz. Je vais devoir faire de la com pour booster les statistiques de ma vidéo. Un million deux-cent-mille vues, ce n'est pas suffisant, le railla Gaea en affichant un air espiègle.

— Quoi ? bloqua le joueur avant de la fusiller du regard. Tu es en train de me dire que c'est toi qui as posté ce clip abject et humiliant de moi qui danse pendant plusieurs heures sur Dailytube ?

— Inutile de me remercier d'avoir fait de toi une star du net, ironisa l'invocatrice. Grâce à ta performance, mon blog a battu son record d'affluence. J'ai gagné de quoi payer mon loyer ce mois-ci avec la pub. Tu peux considérer qu'on est quittes !

— Espèce de monstre ! Je te hais ! Si cette histoire arrive aux oreilles de...

— Fantöm ?! s'écria la jeune fille en apercevant le champion de la guilde Justice.

Il était seul, tranquillement assis au sommet d'un rocher à l'écart des zones de passage. Le numéro un d'Horizon 1.0 réparait une pièce de son équipement en activant sa compétence de travailleur du cuir. Omega Zell était pétrifié. Il appréhendait la réaction de Gaea.

— Tu étais en train de l'espionner ? demanda-t-elle sur un ton se voulant complice.

FANTO
ZELL

— Pas… pas du tout ! mentit l'assassin.

— Ça va, te fatigue pas. Pour cette fois, je veux bien me montrer compatissante.

— Et en quel honneur ? se méfia-t-il.

— Je sais exactement ce que tu veux lui demander et je comprends parfaitement que ça n'a rien d'évident.

— Vraiment ? s'étonna son frère d'armes.

— Vraiment ! répéta la joueuse. Je trouve même ta timidité plutôt touchante. Si tu veux, je peux aller lui parler pour tâter le terrain.

— Tu ferais ça ? Et ça va me coûter combien ?

— Les crédits, toujours les crédits… Il y a des choses plus importantes dans la vie, éluda Gaea en affichant un large sourire.

Omega Zell n'arrivait pas à interpréter son expression. Dans le doute, il préféra décliner :

— Non, c'est bon. Je n'ai pas besoin que tu m'aides à…

Il s'interrompit en la voyant avancer d'un pas résolu, sans prêter attention à ses réticences.

— Attends ! Non… murmura l'assassin en paniquant.

Il s'abstint de la suivre par peur de se retrouver à découvert face à son idole. Il hésita entre prendre ses jambes à son cou ou rester caché dans son buisson pour observer la suite des événements. Sa curiosité prit le dessus.

— Salut, lança Gaea à l'attention du numéro un du classement individuel.

— Salut, répondit ce dernier, manifestement peu emballé à l'idée d'avoir de la compagnie.

— Ne t'inquiète pas, je ne suis pas une groupie.

— Je vois… ponctua Fantöm, laconique.

Il reprit ce qu'il était en train de faire.

— Un membre de ma guilde aimerait t'aborder, mais il n'ose pas. Il s'appelle Omega Zell et il est littéralement obsédé par toi. Tu es au centre de toutes ses attentions, pour ne pas dire de ses intentions…

— De ses intentions ? répéta le joueur incarnant la classe légendaire de guerrier du crépuscule. Il sollicite un duel ?

— Tout dépend ce que tu entends par « duel ».

— Je ne te suis pas…

— Il te kiffe à mort, comme disent les jeunes. Il est à bloc !

— À bloc ?

— Il a le béguin pour toi.

— Ah…

— Alors ? Tu acceptes de le rencontrer ? Si le courant passe dans le jeu, peut-être que vous pourrez vous donner rendez-vous dans la vraie vie, puis…

— Arrêêêêêêêêêêête ! hurla Omega Zell en surgissant de son buisson.

Emporté par son élan, il attrapa Gaea par le bras et l'entraîna à l'écart.

— Non mais ça va pas ? Qu'est-ce qui t'est passé par la tête ? s'égosilla-t-il, à la fois furieux et mort de honte.

Il était rouge écarlate.

— Bah quoi ?

— Comment ça, « bah quoi » ? Pourquoi t'es allée inventer cette histoire à dormir debout ? Après m'avoir décrédibilisé avec ta maudite vidéo virale, tu veux me griller avec Fantöm, c'est ça ? vociféra l'assassin, les yeux exorbités.

— Je ne comprends pas, temporisa l'invocatrice, paraissant de bonne foi. Tu l'idolâtres, tu dis avoir des posters de lui dans ta chambre, tu as déniché un vieux calendrier des meilleurs joueurs d'e-sport posant nus, tout ça parce qu'il apparaît au mois de septembre ! Tu as même acheté une figurine à son effigie, et je ne mentionne pas tous les détails de sa vie privée que tu rabâches à longueur de journée au gré des articles que tu pioches dans la presse people. En plus de ça, tu ne supportes pas les femmes.

— Et alors ?

— Tu veux que je te fasse un dessin ?

— Si ça peut m'aider à comprendre ce que ton esprit torturé de fille essaie de dire, je suis pas contre ! s'agaça Omega Zell.

— Tu es gay.

— Pas du tout !

— Dans ce cas, tu es un gay refoulé, mais tu es clairement amoureux de Fantöm, insista la jeune fille. Il n'y a aucun doute là-dessus.

— Arrête de fantasmer ! Je voulais une capture d'écran avec lui, point barre ! s'exclama le joueur.

— Je ne te crois pas, rétorqua Gaea.

— C'est pourtant la stricte vérité ! insista son compagnon de guilde.

— Dans ce cas, qu'est-ce que tu attends pour lui demander ? le défia-t-elle. Si tu n'éprouves aucun sentiment pour lui, ça devrait être facile, maintenant que tu es juste à côté et qu'il t'a vu.

— Aucun problème ! Je m'en vais de ce pas démontrer à quel point tu divagues !

L'invocatrice croisa les bras et sourit en faisant mine d'attendre.

— Je… je vais le faire ! Regarde, je m'avance vers lui d'un pas assuré ! poursuivit Omega Zell avec des ratés dans la voix.

Il approcha de Fantöm, trébucha, se ressaisit et émit un léger couinement. Le champion d'Horizon 1.0 leva la tête et fixa le nouveau venu. L'assassin, dos au mur, se raidit :

— B… bon… bonjour… Fan… Fantöm… Je… Comment dire… Je me… Enfin… En fait… Je… bégaya le membre de la guilde Noob, submergé par l'émotion.

— Tiens ? Je te reconnais, l'interrompit le guerrier du crépuscule en se levant.

En entendant ces mots inattendus, Omega Zell fut à deux doigts de faire une syncope. Comment était-ce possible ?

— Faisons une capture d'écran. Tu es d'accord ? lui demanda son idole.

— Ou… ou… oui… bafouilla l'assassin, ému comme un enfant.

Fantöm se positionna sur sa droite, posa la main sur son épaule, puis il y eut trois bruits d'appareil photo successifs. Le premier avait été actionné par le joueur de la guilde Justice, le deuxième par celui de la guilde Noob et le troisième par Gaea, ayant tenté un photobombing[6] avant de se faire éjecter d'un coup de coude par Omega Zell. Ce dernier n'arrivait pas à y croire. Il vivait un rêve éveillé. Non seulement il venait de poser aux côtés de son modèle sur une capture d'écran qui allait finir en poster géant dans sa chambre, mais en plus de ça,

---

[6] *Le photobombing est un acte accidentel ou intentionnel consistant à apparaître au premier plan ou en arrière-plan d'une photo, de telle sorte à attirer l'œil sur le cliché final. Ici, Gaea s'incruste et tente de poser sans y avoir été invitée.*

FANTOM
ZELL
GAR

il n'était pas perçu comme un vulgaire fan anonyme.

— Merci, dit le champion. Ce n'est pas tous les jours que je croise quelqu'un d'aussi célèbre que moi. Joli buzz !

Il n'y avait aucune ironie dans la voix de Fantöm, mais ses derniers mots détruisirent psychologiquement l'assassin. Ce dernier n'avait aucun doute sur ce à quoi il faisait allusion. Le leader du classement individuel avait été témoin de son humiliation sur la place du village de Paröw. Son avenir était foutu ! Après s'être grillé auprès de Saphir, la directrice des ressources humaines de la guilde Justice, comment pouvait-il encore espérer les rejoindre si même leur champion ne voyait en lui qu'un stupide inconnu en caleçon, assez fou pour danser sans se déconnecter durant plus de deux jours ?

— Il est parti, fit remarquer l'invocatrice au bout de quelques minutes.

Mais elle n'obtint aucune réaction de la part d'Omega Zell. Il demeurait figé, la bouche ouverte et les yeux exorbités. L'invocatrice comprit qu'ils n'auraient pas leur réunion de guilde aujourd'hui. Perdu pour perdu, elle décida de filmer cette nouvelle performance en vue d'en publier la vidéo sur son blog.

# NIVEAU 11

## - Le premier étage -

Plusieurs semaines s'écoulèrent. La guilde Noob, fermement décidée à ne plus tourner en rond, s'entraînait tous les jours à l'exception du dimanche. La pause dominicale était réservée aux ventes et achats, aux réparations d'équipement et à l'optimisation des statistiques lorsque c'était possible, avant de débriefer le soir venu à la taverne de la Bonne Bedaine. Ce rythme soutenu leur donnait l'impression d'aller de l'avant. Leur inventaire s'était rempli de potions de vie, de mana ou encore d'artéfacts défensifs pour pallier les situations les plus périlleuses. Sparadrap avait même atteint le niveau dix ! Cette fois, ils étaient prêts. Lundi, ils s'attaqueraient au premier étage de la tour Galamadriabuyak !

À la fin de leur réunion hebdomadaire, au moment où cette décision capitale avait été prise, une guerrière du nom de Golgotha avait bondi sur leur table en beuglant. Au début, les membres de la guilde Noob avaient cru à une attaque, avant de se rassurer en apercevant un curseur jaune flotter au-dessus de sa tête. Le petit avatar trapu, vêtu d'une cotte de mailles recouverte d'un tabar noir et marron, aux longs cheveux bruns tirés en arrière et attachés en queue de cheval, s'était mis à hurler « Gagaaaaaaaa » dans leurs oreilles en faisant tournoyer sa hache. Elle parlait si fort que tous durent baisser le son de leur casque audio. Catherine Mourru, de son vrai nom, était devenue hystérique au moment où elle avait reconnu la voix de Gabrielle Jolivet, son amie d'enfance qu'elle avait perdue de vue depuis des années. Cette jeune fille au tempérament bien trempé était si peu féminine qu'Omega Zell, à la surprise générale, ne la boudait pas. Sparadrap, fidèle à ses habitudes, s'était empressé de la recruter, mais elle avait aussitôt décliné son offre en riant à gorge déployée avant de lui envoyer une violente frappe amicale dans le dos. Golgotha était mercenaire. Cela signifiait qu'elle n'appartenait à aucune guilde et que pour avancer dans le jeu, elle aidait toute personne ou groupe y mettant le prix le temps d'une quête, d'un donjon, d'un champ de bataille ou toute autre mission délimitée dans le temps. Gaea, ne connaissant pas cette pratique, s'était montrée très intéressée par son potentiel lucratif avant de se raviser en apprenant que cela impliquait la plupart du temps de combattre en première ligne. La journée s'était finie par l'enrôlement de Golgotha pour augmenter encore un peu plus les chances de la guilde Noob de terminer enfin le premier étage de la tour Galamadriabuyak.

Le lendemain, Arthéon se dirigea au point de rendez-vous en chantonnant. Il était particulièrement enjoué en cette belle journée pleine de promesses. Une heure et demie plus tard, il grommelait dans sa barbe en tapant nerveusement du pied, les bras croisés.

— Hey, coucou Arthéon ! l'interpella la voix haut perchée de Sparadrap.

— J'espère que ton excuse tient la route ! grogna le guerrier.

— J'ai croisé Golgotha en venant. On s'est un peu trop approchés de Mortegarde et on s'est fait attaquer par le vilain gardien Dardane.

— Quoi ? Mais qu'est-ce que vous fabriquiez là-bas ? s'étonna le chef de guilde.

— Je croyais que c'était le chemin le plus court, mais en fait, non… avoua le soigneur. En tout cas, elle l'a tué hyper facilement et j'ai gagné un bâton magique of the dead ! Il est plus grand que moi, regarde !

— S'il n'apprend pas à se taire très vite, je sens que je vais le défoncer ! s'énerva la mercenaire.

Elle semblait à bout de patience.

— Excuse-le, il est du genre bavard, intervint Gaea en approchant.

— Salut Gaga ! s'écria la petite guerrière en affichant aussitôt un sourire carnassier tout en lui faisant coucou en décrivant de grands gestes avec sa hache, manquant de scalper le prêtre à chaque va-et-vient.

— Pourquoi tu l'appelles Gaga ? demanda ce dernier en prenant une distance de sécurité.

— Oh ça, elle l'a toujours fait, expliqua l'invocatrice sur un ton égal. Cat transforme la plupart des noms, des prénoms et des pseudonymes. C'est dû à une forme de dyslexie sélective très rare.

— Ah… ponctua Sparadrap, n'ayant probablement pas compris le mot dyslexie. Et toi, pourquoi tu l'appelles Cat ?

— Parce qu'elle s'appelle Catherine dans le monde réel et qu'on se connaît depuis longtemps, mais tu as raison. Ici, il faut jouer le jeu du roleplay en privilégiant les pseudos, concéda-t-elle.

— Yop ! lança Omega Zell en arrivant à son tour depuis la direction opposée.

— Et vous deux, c'est quoi vos excuses ? s'enquit Arthéon avec sévérité.

— Panne d'oreiller, dit l'assassin.

— Tu as des pannes d'oreiller à vingt heures, toi ? releva l'invocatrice, perplexe.

— J'ai pris trois semaines de congés, mon rythme est sensiblement décalé.

— Des congés ? Maintenant que tu es une star, je pensais que tu quitterais ton boulot pour te lancer dans le show-business, se moqua la joueuse en faisant allusion aux vidéos postées sur son blog.

— Très amusant ! Et si tu répondais à notre chef de guilde au lieu de rabâcher la même rengaine sans arrêt ? rétorqua Omega Zell.

— Ce soir, j'ai des problèmes de connexion. Pour l'instant, les ralentissements ont l'air de s'être arrêtés, mais j'ai mis une plombe à me rendre jusqu'ici, affirma Gaea en poussant un soupir.

— J'espère que tout ira bien pendant l'instance, s'inquiéta le guerrier.

— Regardez comme j'arrive bien à faire tourner mon nouveau bâton ! annonça Sparadrap.

La longue tige de bois consolidée par des lanières en cuir et surplombée d'une sphère translucide lui échappa des mains et tomba sur le haut de son crâne.

— Il faut que je tape sur quelque chose ! Il faut que je tape sur quelque chose et VITE ! fulmina Golgotha en se dirigeant d'un pas décidé vers l'entrée de l'instance.

— Attends-moi, j'arrive ! s'exclama le soigneur en la talonnant.

La Tour Galamadriabuyak, également appelée Tour de l'Héritage, n'avait rien à voir avec le donjon de Mortegarde. Elle était gigantesque ! Érigée au sommet des montagnes d'Outretemps au début du premier âge, elle semblait avoir été sculptée dans un immense rocher dont la base était enchevêtrée de racines fossilisées. En pénétrant à l'intérieur de l'édifice, la guilde Noob se retrouva dans un hall aux proportions hors normes. De nombreuses colonnes massives soutenaient la structure. En dehors de la porte d'entrée, le rez-de-chaussée n'offrait aucun autre choix qu'un escalier en colimaçon menant au premier étage. Les joueurs l'empruntèrent, longeant des torches aux flammes bleues fixées aux parois jusqu'à une salle tout aussi vide que la précédente, exception faite d'un vortex lévitant en son centre.

— C'est bizarre… fit remarquer Sparadrap.

— Quoi ? demanda Omega Zell.

— On est censés être dans le plus célèbre donjon de tout Horizon 1.0 et on n'a croisé personne. Je pensais qu'on verrait plein de joueurs et qu'on pourrait même en recruter quelques-uns !

— C'est parce que la Tour Galamadriabuyak et ses environs sont situés dans une zone instanciée, expliqua Arthéon.

— C'est quoi une zone instanciée ? s'intéressa le soigneur.

— C'est un endroit dans lequel il est préférable de ne pas mélanger tous les joueurs du serveur. Dans le cas présent, cette région est dupliquée à l'identique autant de fois que nécessaire pour permettre à chaque groupe souhaitant s'y rendre de le faire dans de bonnes conditions. C'est comme si on avait privatisé les lieux pour nous cinq. On ne croisera ni alliés ni ennemis, en dehors des PNJ. Il existe quelques exceptions, mais les développeurs n'ont pas annoncé d'event en ce sens pour cette semaine. On est tranquilles, étaya le guerrier.

— Ce donjon est un passage obligatoire pour tous les joueurs d'Horizon 1.0 et cette région n'est pas neutre, ajouta l'assassin. Imagine si les partisans de la Coalition croisaient ceux de l'Empire. Ce coin ressemblerait à un champ de bataille ! Les débutants se feraient massacrer et pour couronner le tout, si les player killers s'en mêlaient, on n'arriverait même plus à franchir la porte de cette instance.

— N'entrez pas trop dans les détails, intervint Gaea, presque compatissante. Je doute que son cerveau soit capable de comprendre la raison pour laquelle des joueurs niveau dix à cent se rendent dans le même donjon.

— Bah si ! se défendit Sparadrap. Je sais que la tour Gamala... Gama... Euh... Buyabuyak est composée de dix étages, précisa-t-il. Quand on crée un avatar, il n'y a aucune restriction jusqu'au niveau dix. Ènsuite, si on veut aller plus loin, on doit trouver des alliés pour nous aider à terminer le premier étage, qui permet d'accéder aux niveaux onze à vingt. Au niveau vingt, il faudra revenir et finir le deuxième étage pour débloquer les niveaux vingt-et-un à trente et ainsi de suite... Mais du coup, j'ai une autre question. Si mes calculs sont exacts, le neuvième étage permet de débloquer les niveaux quatre-vingt-onze à cent, or cent, c'est justement la limite. Alors à quoi sert le dixième étage ?

Ses compagnons ne répondirent pas tout de suite. Ils se tenaient immobiles au milieu de l'unique salle circulaire composant le premier étage, bouche bée.

— Depuis quand il s'est mis à avoir un cerveau, celui-là ? s'étonna l'invocatrice, stupéfaite.

— J'en sais rien, mais quand il a des fulgurances comme celle-ci, c'est limite flippant… commenta Omega Zell.

— Euh… hum, eh bien… tu as tout à fait raison de relever cette singularité, confirma Arthéon en reprenant contenance. Contrairement aux autres, le dernier étage ne débloque pas une nouvelle tranche de niveaux. Les rares joueurs qui parviennent à l'achever accèdent aux classes légendaires de l'Aurore, s'ils jurent allégeance à la Source de la vie, ou du Crépuscule, s'ils choisissent celle de la mort.

— Waaaaah ! Des classes légendaires ? s'extasia le prêtre. Je savais pas qu'on pouvait devenir encore plus fort que niveau cent.

— C'est plus complexe que ça, temporisa le chef de guilde. Les classes légendaires offrent un panel de compétences plus large, mais ça ne rend pas plus puissant en tout. Hum… C'est difficile à expliquer, hésita-t-il. Par exemple, un paladin de l'Aurore pourra protéger, soigner et attaquer en même temps, il sera omniprésent durant la phase de combat, mais sa défense ne sera jamais aussi performante que celle d'un paladin classique. Ça se joue à peu de choses, mais dans les hautes sphères, chaque détail peut faire la différence. C'est pour ça que les champions de la guilde Justice ne débloquent pas tous leur classe légendaire. Fantöm est devenu guerrier du Crépuscule, de ce fait, il est très polyvalent, mais sans la spécialisation de ses compagnons, leur équipe ne serait pas aussi redoutable.

— D'ailleurs, puisqu'on parle de Fantöm, tu dois savoir qu'il a été rendu célèbre par un exploit jusque-là inégalé ! Il a terminé le dernier étage tout seul, précisa Omega Zell avec fierté.

— Comment c'est possible ? s'intéressa Gaea qui ignorait ce détail.

— Avec beaucoup de patience, des compétences hors normes et une capacité assez remarquable à déceler les failles de ce jeu, se souvint Arthéon avec de l'admiration dans la voix. Tu aurais dû voir ça ! Son périple était interminable, car sans la force de frappe d'un groupe complet, il lui fallait énormément de temps pour vaincre ses ennemis. Malgré ce handicap, il est parvenu à esquiver toutes les attaques mortelles et la gestion de ses ressources a bluffé les spécialistes de toute la planète.

— Il existe des vidéos ? s'étonna l'invocatrice.

— Oui. En découvrant ce qui était en train de se passer, les développeurs ont décidé de diffuser son périple en direct sur Internet, reprit l'assassin. Tout le monde s'est arrêté de jouer pour l'observer. À l'époque, c'était le plus gros buzz de l'histoire du MMORPG. À partir de là, sa cote de popularité n'a pas cessé de monter en flèche. Il est d'abord devenu pro avant d'entrer dans la légende d'Horizon 1.0 grâce à son duel contre Amaras à l'issue duquel il a pris la place de numéro un…

— Bon ! Quand vous aurez fini de brasser du vent, peut-être qu'on pourra enfin passer à l'action ! s'impatienta Golgotha.

— Ah oui, pardon, s'excusa le guerrier. On poursuivra cette passionnante discussion plus tard. Pour le moment, concentrons-nous sur notre objectif. Nous n'irons pas nous coucher avant d'avoir terminé le premier étage ! Vous êtes prêts ?

— Oui ! s'écria Sparadrap en trépignant d'excitation.

— Bien ! Entrons dans ce vortex et restons groupés, indiqua Arthéon.

# NIVEAU 12
## - Les Astrasiens -

L'équipe s'exécuta et tous franchirent le portail d'énergie bleutée flottant dans les airs en décrivant une spirale régulière et hypnotique. Aussitôt, les joueurs furent aspirés dans un tube de lumière sinueux.

Un écran s'afficha avec une superbe illustration de la tour Galamadriabuyak. En bas, une jauge de chargement se remplissait progressivement. À la fin du processus, les aventuriers se matérialisèrent au beau milieu d'une plaine.

— Waaaaaaaah ! s'écria le prêtre en découvrant un gigantesque vaisseau spatial fracassé contre le sol.

L'impact avait été tel que la terre soulevée formait une colline jonchée de débris métalliques.

— Fantastique… murmura le chef de guilde.

— Euh… Il n'y a que moi qui ne comprends pas pourquoi on est dehors alors qu'on vient d'entrer dans un donjon ? se risqua Gaea, perplexe.

— Pareil ! plussoya Omega Zell.

— Maintenant que vous le dites… les rejoignit le soigneur.

— Aucun d'entre vous ne s'est penché sur les rouages de cette instance ? s'indigna Arthéon.

— Il n'y a pas si longtemps, on ne savait même pas ce qu'il y avait dans Mortegarde, fit remarquer l'assassin.

— Vu comme ça… soupira le guerrier. Pour faire court, disons que chaque étage nous projette aléatoirement dans le passé du monde d'Olydri. C'est pour ça qu'on appelle aussi cet endroit la Tour de l'Héritage, comme je l'ai mentionné tout à l'heure. Dans notre cas, il semblerait qu'on soit tombés sur les origines de la technologie. Tu as déjà eu affaire à ce scénario, Golgotha ?

En ne voyant pas la mercenaire, le chef de guilde se mit en alerte.

— Golgotha ? Mais où est-elle passée ?

— Peut-être qu'elle n'a pas encore franchi le maelström ? supposa l'invocatrice en pivotant sur elle-même pour balayer les alentours du regard.

— Je sais ! s'exclama Sparadrap, en levant son index, comme s'il venait d'avoir une illumination. Dans Mortegarde, on était quatre. Peut-être qu'on n'a pas le droit d'entrer ici à cinq ?

— Certains donjons n'imposent aucune limite de joueurs, assura Arthéon. On peut les arpenter seul, comme l'a fait Fantöm à l'époque, ou à cinquante. Peu importe le nombre de participants. Au-delà de quatre, la difficulté de l'instance s'adapte automatiquement.

— Baaaaaaaaastoooooooooooooooooon ! s'égosilla soudain Golgotha en surgissant de derrière un rocher en courant sa hache à la main.

— La voilà ! se réjouit le prêtre.

— Qu'est-ce qui lui prend ? s'inquiéta Gaea, fébrile.

En voyant trois ennemis la talonner de près, ils comprirent.

— J'en avais marre d'attendre que vous finissiez de jacasser. Je suis allée chercher de quoi nous occuper, beugla la mercenaire en jubilant.

Elle trépignait à l'idée de taper enfin sur quelque chose. Il s'agissait d'humanoïdes protégés par une étrange armure futuriste au revêtement argenté, semblable à un exosquelette. Une lueur rose irradiait depuis des cristaux scellés au niveau de leur torse, de chaque articulation et de leur visière. Ces pierres étaient reliées les unes aux autres par des faisceaux lumineux veineux épousant la forme de leur anatomie.

Les membres de la guilde Noob, pris au dépourvu, se mirent tant bien que mal en formation de combat.

— Mais qu'est-ce qui t'est passé par la tête ? gronda leur chef. On n'a même pas encore lancé la quête !

— On s'en cogne ! rétorqua la joueuse haute comme trois pommes. D'ailleurs, en parlant de cogner… dit-elle avant de s'arrêter brutalement, de faire volte-face et de frapper son adversaire le plus proche avec son arme dans un fracas assourdissant.

Le boss tituba suite à l'impact sans perdre le moindre point de vie. Il se ressaisit, tourna la tête vers la guerrière, leva le bras dans sa direction et la pulvérisa à l'aide d'un puissant rayon d'énergie ayant surgi du creux de sa main. Les deux autres humanoïdes au revêtement métallique réservèrent un sort semblable à ses compagnons d'armes, ayant eux aussi été pris pour cible. Même Gaea, pourtant habile lorsqu'il s'agissait de fuir, n'avait pas eu le temps de réagir.

Les cinq joueurs ressuscitèrent dans un cimetière situé à une cinquantaine de mètres de l'endroit où ils venaient d'être tués.

— Dites, arrêtez-moi si je me trompe, mais quand on recrute un mercenaire, il n'est pas censé apporter un coup de pouce ? s'enquit Omega Zell, perplexe.

— Si… maugréa Arthéon.

— Oh ça va ! relativisa l'intéressée. Ça fait des heures que vous papotez pour dire que dalle de constructif ! Moi, en deux minutes, j'ai débusqué les boss et on a pu voir leurs attaques spéciales. Maintenant on chope le PNJ, on lance la quête, on met au point une stratégie, on les défonce puis on rentre au bercail.

— En parlant de stratégie… intervint l'assassin en se tournant vers le prêtre. Sparadrap a trouvé une Pierre de Substitution. Si on l'utilise au bon moment, je suis sûr qu'on pourrait retourner les rayons contre eux.

— C'est une brillante idée ! approuva le guerrier. On tient quelque chose.

— Euh… hésita le soigneur.

— Quoi ? releva sèchement Omega Zell. Il craignait le pire.

— Je l'ai plus, avoua son compagnon, penaud.

— Évidemment… soupira le joueur à l'accent du sud en levant les yeux au ciel.

Il n'était même plus surpris.

— L'autre jour, j'avais besoin de place dans mon inventaire pour y ranger du Craboumiam...

— Du Craboumiam ? l'interrompit Gaea, intriguée par ce nom insolite.

— C'est de la nourriture pour familiers, précisa Sparadrap. J'ai jeté tout ce qu'il y avait dans mes sacs avant de réaliser que j'avais peut-être fait une bêtise.

— Quel gâchis, se lamenta l'invocatrice. Quand c'est comme ça, prends au moins la peine de vendre tes items à un marchand pour récolter quelques crédits ! s'exclama-t-elle.

— Et voilà ! s'agaça Golgotha.

— Qu'est-ce qu'il y a ? lui demanda Arthéon.

— Vous recommencez à tchatcher comme des pipelettes ! Allez go ! On bouge ! ordonna-t-elle en insufflant le mouvement.

L'équipe suivit la petite boule de nerfs en cotte de mailles et prit de la hauteur en gravissant l'amoncellement de terre retournée, de décombres, et de pièces métalliques arrachées au vaisseau spatial. L'engin tombé du ciel était grand comme un village, voire une ville.

— J'espère qu'il ne faut pas explorer ce machin, sinon on en a pour la nuit, s'inquiéta Omega Zell.

— J'ai lu dans Avatar Magazine que ce scénario existait, mais qu'il tombait au quatrième ou au cinquième étage, se souvint le chef de guilde. Dans notre cas, ce sera bien plus simple.

— On va vite le savoir, annonça Gaea en pointant du doigt un PNJ au-dessus duquel flottait un point d'exclamation bleu.

Il s'agissait d'un homme aux cheveux mi-longs châtain clair, portant des lunettes de vue rondes aux montures cuivrées, vêtu d'une tunique rouge et dorée, d'un pantalon bleu et de bottes en cuir. Il parut familier à certains membres du groupe.

— Ah ! Vous voilà ! s'exclama-t-il, apparemment rassuré.

— Euh... Bonjour, répondit Arthéon, pris de court.

— Je suis le Baron Oldrek Lucans, votre commanditaire.

— Lucans ? releva Omega Zell. Comme Keynn Lucans, le big boss de l'Empire ?

— Oui, c'est son ancêtre, confirma le guerrier. J'ai lu le roman sur les origines de la technologie et si je dois le résumer vite fait, disons que le vaisseau astrasien qui se dresse devant nous s'est écrasé sur ses terres. Le Baron, qui est aussi un alchimiste renommé, a passé toute sa vie à étudier l'épave. À sa mort, son fils a poursuivi son œuvre. Au fil des générations, les Lucans ont déduit de leurs recherches la mécanique, l'électronique, le numérique, puis la génétique. Aujourd'hui, on commence à évoquer le psychique. Centralis, la capitale de notre faction, a été construite ici-même. Le vaisseau a été enfoui au centre de la cité, sous notre quartier général.

— Je n'arrive pas à y croire… dit l'assassin.

— Oui, je sais. L'histoire de ce jeu est passionnante, appuya le chef de guilde, heureux de voir son compagnon sensible à son récit.

— Non, ce que je n'arrive pas à croire, c'est que tu te sois farci un bouquin entier sur le background d'Olydri, rectifia son vis-à-vis.

— Je ne me suis pas arrêté là. J'ai lu tous les romans, les light novels, les mangas, les bandes dessinées, j'ai vu toutes les cinématiques disponibles sur Dailytube, écouté les sagas audios et aussi les dessins animés, les séries, les web-séries et les films relatifs à cet univers, énuméra Arthéon.

— C'est une blague ?

— Non, toute la licence transmédia y est passée. Je suis fan ! se défendit le guerrier en bombant le torse, fier de ses convictions.

— Ça doit prendre beaucoup plus de temps que de collectionner des photos, des vidéos et des articles sur le beau Max Middle alias Fantöm, se moqua Gaea.

— Pfff ! souffla Omega Zell sans insister davantage.

Il se savait vulnérable sur la question des passions irrationnelles.

— Bon, le PNJ binoclard, accouche ! Tu veux qu'on fasse quoi ? lança Golgotha.

— Non mais ça va pas ? s'indigna Arthéon, outré par un tel manquement au principe du roleplay.

— Je te préviens, Artéfion, si tu pars encore dans un de tes monologues soporifiques, je te tranche en fines lamelles et je te bouffe pixel par pixel !

— Artéfion… répéta l'assassin en pouffant de rire.

— Et c'est valable pour toi aussi, Homme Gazelle ! Allez ! On lance la quête et on se frite !

J'ai des fourmis dans les doigts, j'ai besoin d'action !

— Euh… très bien, céda le chef de guilde, un peu effrayé par les menaces de la mercenaire.

Il se tourna vers Oldrek Lucans, prit un air solennel, respira à pleins poumons et annonça en tâchant de ne pas en faire trop :

— Nous sommes prêts ! Quelle est notre mission ?

— Ce bloc tombé des astres renferme de redoutables créatures venues d'ailleurs, que nous avons surnommées Astrasiens. Trois d'entre eux ont survécu à l'impact. Leur armure est à l'épreuve de nos armes et de la magie. Ils possèdent une étrange forme d'énergie pouvant se muer en arme tranchante ou en rayon dévastateur. Mes soldats ont été décimés par ces monstres. C'est la raison pour laquelle j'ai fait appel à vous. J'ai découvert un moyen de les atteindre grâce à des fragments de pierre ramassés aux alentours du vaisseau. Ce minerai semble être à l'origine de leur énergie. Nous l'avons baptisé rosaphir du fait de son apparence rose luminescent. Sertissez ces fragments modifiés par

**Astrasien**

*Origine inconnue*

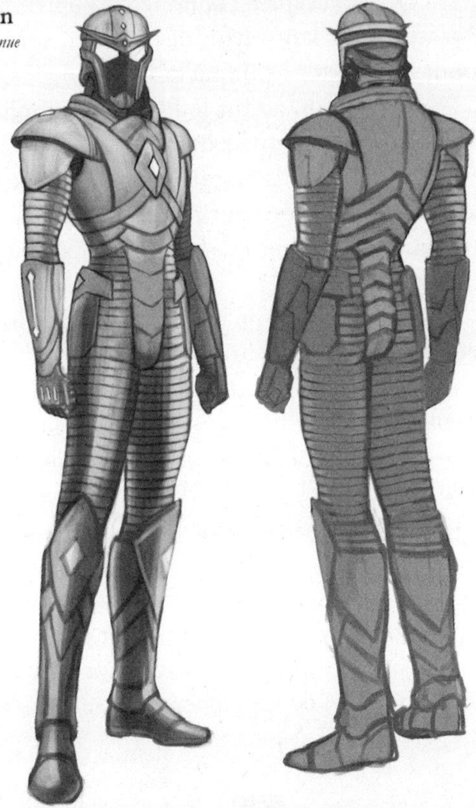

mes soins sur vos armes pour être en mesure de les blesser. Nous devons les capturer ou, si ce n'est pas possible, les éliminer pour protéger les habitants de la baronnie.

— Quête acceptée ! annonça le guerrier.

— Et pour leur rayon dévastateur, on n'a rien pour les contrer ? s'inquiéta Gaea.

— Hélas non, admit le PNJ. Néanmoins, nous avons remarqué que leurs yeux se mettent à briller de mille feux, trois secondes avant l'attaque. Vous devrez courir durant ce laps de temps pour esquiver, c'est la seule parade que nous connaissons.

— Courir, ça je sais faire, annonça l'invocatrice, experte en fuite.

— Golgotha, où as-tu déniché les Astrasiens tout à l'heure ? demanda Omega Zell.

— Suivez-moi ! s'exclama la guerrière en s'élançant en contrebas en hurlant :

— Baaaaaaastoooooooooooooon !

Les autres lui emboîtèrent le pas. Emporté par son engouement, l'avatar court sur pattes aux petits bras musclés prit de la vitesse au point de perdre le contrôle, de trébucher et de se mettre à rouler à toute allure sur les flancs de l'amoncellement de terre retournée jonché de débris. En bout de course, la mercenaire percuta de plein fouet le dos d'un Astrasien patrouillant en contrebas, lequel perdit plusieurs centaines de points de vie avant de tomber au sol. Dans la foulée, la joueuse se redressa et se rua sur son adversaire en éclatant d'un rire jubilatoire. Elle profita de l'immobilisation temporaire de l'humanoïde à l'exosquelette pour abattre sa hache à plusieurs reprises sur son casque.

— Elle fait n'importe quoi ! On dirait qu'elle est possédée, s'exaspéra l'assassin, choqué par une telle violence.

— Peut-être, mais c'est efficace, la défendit Gaea, rassurée de voir la jauge d'énergie de l'ennemi descendre rapidement.

Un reflet attira l'attention d'Arthéon. Il tourna la tête et aperçut le regard flamboyant d'un autre Astrasien levant le bras dans leur direction.

— Coureeeeeeeez ! s'égosilla-t-il.

Dans un réflexe collectif et spontané, tous les membres de l'équipe s'éparpillèrent. Le rayon rose aveuglant fusa dans les airs sans atteindre personne. Une puissante explosion souleva un panache de fumée en percutant le sol à quelques mètres de leur position. Le prêtre tomba à la renverse, déséquilibré par l'onde de choc, mais chacun demeura indemne.

— Gaea, mets-toi en retrait et charge ta jauge de mana pour activer ton invocation la plus puissante pendant qu'on les regroupe tous au même endroit ! Sparadrap, reste à côté d'elle et soigne-nous à distance. Omega Zell, occupe-toi de celui-ci. Pour ma part, je vais débusquer le troisième ! indiqua Arthéon.

— C'est comme si c'était fait ! annonça le joueur en dégainant des lames de poing obtenues à l'issue de leur trente-et-unième nettoyage du donjon de Mortegarde.

Nous assistions à une première depuis la création de la guilde Noob, car les événements semblaient prendre une tournure favorable. Chacun faisait ce qu'on attendait de lui sans déclencher de catastrophe. Comme prévu, le ratio de Sparadrap demeurait extrêmement faible. Il manquait sa cible quatre fois sur cinq, mais chacun avait provisionné suffisamment de potions de vie dans son inventaire pour compenser. Arthéon, Omega Zell et Golgotha, après s'être accordés sur une stratégie commune, parvinrent à l'appliquer en regroupant les trois Astrasiens en un seul et même endroit pour permettre à Gaea de les atteindre tous en même temps dès qu'elle serait prête.

Ils y étaient presque, lorsque soudain, après douze minutes d'affrontement, le naturel revint au galop.

— Où tu en es avec ta récolte de flux magiques ? demanda le chef de guilde à l'invocatrice en parant une attaque à l'aide de son épée.

— Encore cinq pour cent et j'aurai assez de mana pour lancer mon invocation, indiqua-t-elle.

— Ça va être limite… s'inquiéta le guerrier en scrutant les statistiques moribondes de son équipe. Sparadrap, rapproche-toi un peu. Ce sera plus facile pour viser, maintenant qu'on les tient. On a utilisé tous nos artéfacts, tu es notre dernière ressource en termes de points de vie.

— Il n'est toujours pas revenu, l'informa Gaea.

— Comment ça ? s'étonna Arthéon.

— Il est AFK[7].

— AFK ? s'écria le joueur barbu aux cheveux longs, les yeux exorbités. Mais pour aller où ?

— Au petit coin, précisa la jeune fille, sur un ton blasé.

— Pourquoi tu ne l'en as pas dissuadé ? intervint Omega Zell, scandalisé, en esquivant de justesse un rayon laser fusant à quelques centimètres de sa tête.

— Parce que ça avait l'air pressé et qu'il ne m'a pas demandé mon avis, se défendit-elle. De toute façon, il a dit que ça l'empêchait de viser et vu où partaient ses sorts de soin, je veux bien le croire. C'était pire que d'habitude. Dans cet état, qu'il soit là ou pas, ça ne change pas grand-chose à la physionomie du combat.

---

[7] Abréviation de l'anglais « Away from Keyboard », c'est-à-dire « loin du clavier » en français. Cette expression est fréquemment utilisée par les joueurs de jeux vidéos en ligne.

— Sauf qu'en cet instant précis, sans lui, on est à un ou deux coups de se faire tuer, s'agaça le chef de guilde. On vient d'utiliser tout ce qu'on avait mis des semaines à récolter pour rester en vie le plus longtemps possible ! On a trouvé une stratégie efficace, on est même parvenus à l'appliquer, tu es à cinq pour cent de leur porter une attaque fatale et… on va échouer pour une pause pipi en plein combat ?

— Trois pour cent… ah, non, plus que deux, précisa Gaea.

— Moi, il me reste quatre points de vie, annonça Golgotha en flanquant un coup de boule magistral dans le torse de l'Astrasien lui faisant face, au point que son tour de tête se décrocha et glissa devant ses yeux.

Pour compenser son aveuglement passager, elle se mit à tournoyer sur elle-même avec sa hache en poussant un cri rageur.

— Mes statistiques en affichent dix-sept, notifia l'assassin.

— Et moi trente-trois, rapporta le leader, juste avant d'encaisser un coup de genou dans le ventre.

Il se redressa et rectifia :

— Sept… grommela-t-il.

— Un pour cent ! s'exclama Gaea.

— Bravo ma Gaga ! On va y arriver ! s'enthousiasma Golgotha.

— Flûte… Je… crois… que… m… blème… xion… revenu…

— Hein ? s'étonna la mercenaire, n'ayant rien compris à la réponse de son amie d'enfance.

— Ma… co… xion… re… commence… à… avoir… d… ratés…

— Oh non ! s'exclama Arthéon en réalisant subitement ce qu'il se passait. Avant d'entrer dans la tour, elle a mentionné avoir eu des problèmes de connexion. Je croyais que c'était une fausse excuse pour justifier son retard, mais en fin de compte, il semblerait qu'elle ait réellement des soucis.

— C'est pas possible, on est maudits ! pesta Omega Zell en échappant de peu à la lame d'énergie s'étant matérialisée au bout du bras du boss, cherchant à le pourfendre de part en part.

— Bon sang ! Cette fois, c'est la fin ! gronda le chef de guilde.

Déstabilisé par le stress et l'amertume, il manqua de vigilance et ne put éviter un coup de pied porté au niveau de son épaule. Cette offensive provoqua quatorze points de dégâts, soit le double de ce qui lui restait.

***

Une intense lueur envahit l'écran de Stan, lequel s'attendait à réapparaître au cimetière une fois celle-ci estompée, mais il n'en fut rien. Les particules irradiantes s'éparpillèrent et il se trouvait toujours devant l'Astrasien. Abasourdi, il tressaillit, se redressa sur son fauteuil, empoigna sa souris, posa ses doigts sur les touches de son clavier et reprit le combat.

***

— Qu'est-ce qui s'est passé ? Pourquoi je ne suis pas mort ? demanda-t-il, décontenancé.

— Tu ne me croirais pas si je te le disais, répondit Omega Zell en indiquant une direction d'un mouvement de tête. Arthéon se retourna et vit Sparadrap, l'air sérieux, soigner chaque membre de son équipe avec une précision de cent pour cent. Ses salves régénératrices atteignaient

systématiquement leur cible, sans jamais bénéficier à l'ennemi. Les statistiques du groupe furent restaurés en un rien de temps, et, plus surprenant encore, le prêtre avait enclenché trois compétences coup sur coup, dont la combinaison et le timing parfait venaient de booster temporairement la défense, la vitesse et la force des combattants au corps à corps. Il était subitement devenu beaucoup plus facile pour eux d'esquiver et de blesser les Astrasiens dont la jauge d'énergie fondait comme neige au soleil, virant du jaune au rouge.

— Voilà qui devrait vous aider à tenir le coup en attendant que la connexion de Gaea soit rétablie, dit le soigneur d'une voix étonnamment calme.

Son attitude le rendait méconnaissable.

— Je… Je… bégaya Arthéon, submergé par l'émotion, les larmes aux yeux.

Il vivait un rêve éveillé.

— Me revoilà ! s'exclama l'invocatrice, dont l'avatar grisé et figé venait de reprendre des couleurs en s'animant subitement. Mes réserves de mana sont suffisantes ! Je déclenche mon pouvoir avant d'être déconnectée à nouveau !

Elle leva les bras en l'air, une onde de choc terrible se propagea, ses mains s'embrasèrent, puis elle les baissa et orienta ses paumes vers le sol. Un cercle décoré de runes complexes se dessina, tournoya et une ombre masqua Arthéon, Golgotha, Omega Zell et les trois boss.

— On dégaaaaaaage ! beugla le guerrier.

Les joueurs prirent leurs jambes à leur cou, juste avant qu'un énorme crackailloux ne tombe du ciel et s'écrase sur les Astrasiens.

— Bravo mon Brik Brok ! le félicita Gaea.

L'imposant bloc de pierre en forme de tête avec de grands yeux et à l'immense bouche sourit à pleines dents avant de disparaître dans un nuage de fumée, laissant derrière lui un cratère en partie masqué par un panache de poussière en suspension.

— J'y crois pas… On les a eus !

— Ouaaaaaais ! On a gagnéééééé ! beugla la mercenaire, toujours aussi exubérante.

— Bravo à tous ! s'exclama le chef de guilde.

Il se tourna vers le prêtre et ajouta :

— Je suis fier de toi, Sparadrap ! Tu as été remarquable !

Ce dernier ne réagit pas. Une petite bulle avec des points de suspension indiquait qu'il était de nouveau AFK. Soudain, son avatar reprit vie en affichant son habituelle expression ahurie. Il semblait ne pas comprendre ce qu'il se passait. Le joueur à moustache regarda à droite, à gauche, puis ses compagnons d'armes, avant d'annoncer :

— Désolé les copains, mon petit frère a profité que j'étais aux toilettes pour toucher à mon clavier et à ma souris. J'espère qu'il a pas fait de bêtises pendant que je faisais…

— Quoi ? l'interrompit Omega Zell. Mais qu'est-ce que tu attends pour lui filer ton ordinateur et pour te mettre à la console dans ton coin ?

— N'importe quoi ! s'amusa Sparadrap en pouffant de rire. Il est plus jeune que moi.

— Et alors ? Qu'est-ce que ça fait ? s'étonna son vis-à-vis, ne voyant pas le rapport.

— Bah, il peut pas être meilleur que son grand frère, répondit le soigneur en levant les yeux au ciel, comme si ça tombait sous le sens.

— Une seconde ! intervint Golgotha, sans laisser le temps à l'assassin de contre-argumenter.

— Qu'y a-t-il ? s'intéressa Arthéon.

— Pourquoi il se passe rien alors qu'on a fini la quête ?

— Sans doute parce qu'il faut retourner voir le PNJ, supposa Gaea.

— Bah non, regardez, il est plus où il était, indiqua la mercenaire en pointant du doigt le haut de l'amoncellement de terre et de débris.

— Je vous félicite ! s'éleva la voix d'Oldrek Lucans.

L'ancêtre de l'Empereur Keynn Lucans venait d'apparaître sur leur gauche et avançait dans leur direction. Tous se tournèrent et furent soulagés.

— Bah voilà, il suffisait d'attendre qu'il nous rejoigne, en déduisit le chef de guilde.

Soudain, une lueur rose qu'il connaissait bien attira son attention. Il tressaillit en apercevant la silhouette d'un Astrasien, mal en point, tituber vers eux, le regard flamboyant. Cette fois, il ne visait pas les joueurs, mais le PNJ.

— Noooooooooooooooooooon ! hurla le guerrier en s'élançant vers l'alchimiste à la tunique rouge et dorée.

Une fois parvenu à sa hauteur, il bondit et le plaqua au sol. L'individu en perdit ses lunettes rondes cuivrées. Un rayon déchira l'atmosphère et provoqua une puissante explosion à quelques mètres de leur position.

— Baaaaaaaastoooooooooooon ! s'égosilla Golgotha en se ruant vers le boss ayant survécu à l'invocation.

Elle le roua de coups et ce dernier, pris de convulsions, le corps parcouru d'électricité, se raidit et s'écroula. Ses points de vie indiquaient zéro.

— Cette fois, il a son compte ! annonça la petite joueuse trapue en faisant tournoyer sa hache fêlée en divers endroits.

Son équipement avait besoin d'une bonne réparation.

— Bien joué, Arthéon ! le félicita Omega Zell. Sans toi, on aurait foiré la quête malgré nos efforts, tout ça à cause de cette espèce de fille de Gaea !

— Comment ça à cause de moi ? s'offusqua l'intéressée.

— Parce qu'on t'a servi les trois boss sur un plateau et que t'as même pas été foutue de les achever correctement ! la réprimanda l'assassin.

— Ça faisait partie de l'event, triple buse ! répliqua l'invocatrice, exaspérée.

— Tout va bien ! Tout va bien, répéta Oldrek Lucans en se relevant et en s'époussetant. Je vous remercie de m'avoir sauvé la vie ainsi que celle de tous les habitants de ma baronnie. Maintenant que les survivants de ce mystérieux vaisseau de métal tombé des astres ne sont plus une menace, nous allons pouvoir l'étudier de fond en comble. Qui sait, les connaissances que nous en tirerons pourraient s'avérer utiles…

Le PNJ s'immobilisa en affichant un sourire reconnaissant et un vortex identique à celui par lequel ils étaient arrivés apparut.

— Ça y est ? On est niveau cent ? demanda Sparadrap en scrutant ses statistiques.

— Quoi ? C'est tout ? Et le butin ? s'indigna Gaea.

— Le coffre est dans la tour. On tombera dessus en retournant à notre époque, expliqua Golgotha.

— Ouf ! fut rassurée la joueuse en trottinant jusqu'au portail magique bleuté et en se jetant dedans.

— Hey ! Ne la laissez pas prendre les devants, elle va encore ninja le butin ! alerta Omega Zell en la talonnant.

— Ninja ? releva le soigneur. Je savais pas que cette classe existait.

— C'est pas vrai, il est collector ce Sparamoule, se moqua la mercenaire en éclatant de rire. Quand quelqu'un te « ninja » un objet, ça veut dire qu'il te le pique sous le nez. Il garde tout pour lui sans chercher à partager, si tu préfères.

— Gaea ne volerait jamais ses copains, la défendit le soigneur.

— Ta naïveté te perdra… soupira Arthéon. Quoi qu'il en soit, aujourd'hui est un grand jour, sans doute le plus beau de ma seconde vie de joueur ! Nous pouvons enfin monter du niveau dix au niveau vingt ! On va découvrir d'autres régions, de nouvelles quêtes, des donjons inédits, avoir accès à des équipements plus performants, visiter des hameaux, villages et villes que je n'avais plus revus depuis mon bannissement, côtoyer des…

— Bon ça va ! l'interrompit Golgotha, agacée. Tu vas quand même pas repartir dans un monologue et t'extasier pour si peu ! Redescends d'un cran mon coco, c'était juste le premier étage de la Tour Galamadriabuyak.

— Tu as sans doute raison, mais après tout ce que j'ai vécu, savourer ce genre de moment me fait un bien fou.

***

Ce soir, Stan ne songeait plus à son ancien avatar niveau cent jadis enrôlé dans la guilde Justice, puis impitoyablement banni par le Maître du jeu Judge Dead. En cet instant précis, seule cette victoire durement acquise occupait ses pensées. Désormais, il ne ressasserait plus le passé, car pour la première fois, la guilde Noob lui avait redonné espoir. Ensemble, ils venaient de faire un pas vers un avenir plus radieux.

# NOOB ARC 1

## La Tour Galamadriabuyak

# FIN

*Retrouvez la suite des aventures de la guilde Noob dans l'arc 2 - Le bâton cheaté*

Le blog de Gae@
L'HISTOIRE DU MONDE RÉEL
DÉCOUVREZ L'UNIVERS ÉTENDU DE NOOB !
NOOB
L'HISTOIRE DU JEU EN LIGNE
EN VIDÉO, BD, MANGA, LIGHT NOVEL ET ROMAN
NEOGICIA
L'HISTOIRE DU MONDE D'OLYDRI

# NOOB - L'UNIVERS ETENDU

Noob est un univers transmédia. Cela signifie que vous pouvez suivre l'aventure de vos héros sur plusieurs supports différents. Cette aventure en light novel est autonome, mais si vous décidez de lire aussi les BD et les romans, vous serez plongés dans des histoires inédites et complémentaires (elles aussi indépendantes). C'est vous qui décidez. L'univers étendu est basé sur trois grands axes. Le monde réel, le jeu et l'histoire du monde d'Olydri.

Le blog de Gae@ | NOOB | NEOGICIA

**L'aventure dans le monde réel**

**7 sketchs vidéo**
(*en cours*)

**2 bandes dessinées**
(*en cours*)

**L'aventure dans le jeu vidéo**

**NOOB - époque 1**
8 saisons en web-série (*fini*)
12 bandes dessinées (*en cours*)
5 romans (*en cours*)
1 light novel (*en cours*)

**NOOB RUSH - époque 2**
1 saison en web-série (*en cours*)

**NOOB REROLL - époque 3**
1 light novel (*en cours*)
1 manga (*en cours*)

**L'histoire du monde d'Olydri**

**3 romans**
(*en cours*)

**1 bande dessinée**
(*en cours*)

DÉCOUVREZ LES PREMIÈRES PAGES DE NOOB REROLL, LE MANGA ET LIGHT NOVEL SE DÉROULANT DANS LE FUTUR, DANS UN MMORPG DONT LA RÉALITÉ VIRTUELLE EST CAPABLE DE REPRODUIRE LES SENSATIONS DU RÉEL.

ATTENTION ! LES CASES QUI VONT SUIVRE SE LISENT DE DROITE À GAUCHE

(LE MANGA SERA ÉDITÉ DANS LE SENS DE LECTURE JAPONAIS)

J'AI CONNU UN MONDE FASCINANT DANS LEQUEL COHABITAIENT MAGIE ET TECHNOLOGIE !
CET ENDROIT S'APPELAIT OLYDRI ET SES HABITANTS ÉTAIENT RÉPARTIS EN TROIS FACTIONS.

ENFIN, IL Y AVAIT L'ORDRE, UN PEUPLE ASPIRANT À VIVRE EN HARMONIE AVEC LA NATURE. GALAÉ ÉTAIT LEUR HAVRE DE PAIX.
PUIS VENAIT LA COALITION, DONT LE FIEF S'APPELAIT GLACESANG. ILS ÉTAIENT LES GARDIENS DE L'HÉRITAGE MAGIQUE.

TOUT D'ABORD, IL Y AVAIT L'EMPIRE, DONT LA CAPITALE ÉTAIT CENTRALIS. ILS DÉTENAIENT LE SECRET DE LA TECHNOLOGIE.

DIS GRAND-PÈRE, COMMENT ON FAIT POUR ALLER SUR OLYDRI ?
WAAH !
CE MONDE VIRTUEL A DISPARU BIEN AVANT TA NAISSANCE, ZACK.
MALHEUREUSEMENT, ON NE PEUT PLUS S'Y RENDRE.
MAIS QUAND J'ÉTAIS JEUNE, J'Y AI VÉCU DES AVENTURES INCROYABLES AVEC MES AMIS.
C'EST VRAI ? TU ÉTAIS DANS QUELLE FACTION ?

J'AVAIS CHOISI L'EMPIRE, POUR LEUR VOLONTÉ DE TROUVER UN ÉQUILIBRE ENTRE MAGIE ET TECHNOLOGIE.
ILS AC-CEPTAIENT LA MODERNITÉ SANS RENIER LES TRADITIONS. J'APPRÉCIAIS CETTE PHILO-SOPHIE.
DANS LE MONDE RÉEL, JE SUIS MAX MIDDLE, MAIS LÀ-BAS, MON AVATAR S'APPELAIT FANTÖM.
AU DÉBUT, ÇA N'A PAS ÉTÉ FACILE.
POUR PROGRESSER, J'AI DÛ ACCOMPLIR DES QUÊTES ET ARPENTER DES DONJONS INFESTÉS DE MONSTRES.

DANS MON ÉPOPÉE, J'AI CROISÉ LA ROUTE D'ADVERSAIRES EXTRAOR-DINAIRES ET IL M'EST ARRIVÉ D'ÊTRE VAINCU À MON TOUR.

MAIS JE ME SUIS TOUJOURS RELEVÉ, CAR JE VOULAIS MARQUER L'HISTOIRE DU MONDE D'OLYDRI.

PLUS J'AMÉLIORAIS MON ÉQUIPEMENT ET PLUS J'ÉTAIS EN MESURE D'EXPLORER DES RÉGIONS RECULÉES, AUGMENTANT AINSI MES COMPÉTENCES.
QUAND JE SUIS DEVENU ASSEZ FORT, J'AI AFFRONTÉ LE CHAMPION. JE SUIS PARVENU À LE SURPASSER ET À LUI SUCCÉDER POUR UN TEMPS.

J'Y SUIS FINALEMENT PARVENU, MAIS JE N'ÉTAIS PAS SEUL. J'AI ÉTÉ ÉPAULÉ PAR MES FRÈRES ET SŒURS D'ARMES...
DES AMIS SINCÈRES QUE J'AI CÔTOYÉ TOUTE MA VIE.
L'AVENTURE A PRIS FIN AU BOUT DE TRENTE ANNÉES, NOUS LAISSANT AVEC LA NOSTALGIE D'UNE AVENTURE HUMAINE INCROYABLE.
DANS UN MONDE IMAGINAIRE QUE NOUS N'OUBLIERONS JAMAIS.
LES SERVEURS DE CE JEU RÉVOLUTIONNAIRE SE SONT ÉTEINTS EN 2029.
MAIS J'ESPÈRE SINCÈREMENT QU'UN JOUR, LE MONDE D'OLYDRI RENAITRA DE SES CENDRES ET QUE NOUS Y RETOURNERONS ENSEMBLE...

BIENTÔT CHEZ
OLYDRI ÉDITIONS
NOOB
REROLL
SCÉNARIO - FABIEN FOURNIER

DANS UN MONDE FUTURISTE, LE SPORT NATIONAL, DE MÊME QUE LA GUERRE, SE PRATIQUENT DERRIÈRE DES ARMURES DE MÉTAL DONT LES PILOTES SONT ÉRIGÉS AU RANG DE STARS.

SCÉNARIO ET DESSINS : NICOLAS DAVID
2 TOMES PARUS CHEZ OLYDRI ÉDITIONS - SÉRIE EN COURS

SAUVER LE MONDE ? DÉFENDRE LA TERRE CONTRE LES FORCES DU MAL ? POUR POUVOIR Y ARRIVER, IL SUFFIT DE REJOINDRE LA SENTAÏ SCHOOL, LA PREMIÈRE ÉCOLE DE SUPER-HÉROS !

***6 MANGAS PARUS CHEZ OLYDRI ÉDITIONS - SÉRIE EN COURS***

TOD
RUDDY POMAREDE
FLANDER'S COMPANY
Facture
3
LE MAL S'HABILLE EN CHANTAL !
OLYDRI
EDITIONS

LE JOUR SE LÈVE SUR TOULON, LA PLUS BELLE RADE D'EUROPE (MODE CHAUVIN : ON), ET TANDIS QUE CERTAINS S'AFFAIRENT DÉJÀ, D'AUTRES, À L'INSTAR DE GABRIELLE JOLIVET PLUS CONNUE SOUS LE PSEUDONYME VIRTUEL DE GAEA, GRAPPILLENT DES MINUTES DE JEU, JUSQU'À CE QUE L'AUBE VIENNE BLANCHIR L'HORIZON.
Le blog de Gae@
MOUHAAAAAAH !
AAAH MAIS J'EN AI MARRE ! ON N'ARRÊTE PAS DE WIPER !
DE TOUTE FAÇON, JE DOIS DÉCO, DONC C'EST PAS CE SOIR QU'ON BATTRA LE BOSS.
* WIPER = MOURIR DANS UN JEU VIDÉO EN LIGNE
QUOI DÉJÀ !? MAIS GAEA, ON Y ÉTAIT PRESQUE ! C'EST TROP DOMMAGE OF THE DEAD !
POURTANT, DOUZE HEURES DE JEU C'EST ENCORE RAISONNABLE.
OUAIS BAH BON DÉBARRAS, MIEUX VAUT SE DÉLESTER DES POIDS MORTS !
ON S'EN SORTIRA BIEN MIEUX SANS FILLE DANS L'ÉQUIPE.
TU VEUX RESSUSCITER A CIMETIÈRE POUR ÈME FOIS ?
GNNRRRNIII
DECONNE
SUR CE, BONNE NUIT ! J'AI UN PARTIEL À DIX HEURES ET J'AI PAS ENCORE RÉVISÉ !

IL EST DES MATINS PLUS DIFFICILES QUE D'AUTRES, S'EXPLIQUANT BIEN SOUVENT PAR LES CHOIX DE LA VEILLE...
DRIPRIDRI
DRIPRIDRI TRIIITRIIITRIII
GNAAAAAA...
HMMFFF...
CHBAF!
GAGA RÉVEILLE-TOAAAA!
CRISE CARDIAQUE NIVEAU 100
GAGA RÉVEILLE-TOAAAA!
RHAAA!
=300€

09:31
NOM D'UN CHÈQUE EN BOIS ! JE SUIS ULTRA À LA BOURRE !
ZOUFF !
BON, IL VA FALLOIR ÊTRE EFFICACE !
GRANDS TRAVAUX
1 - PRENDRE SA DOUCHE
2 - S'HABILLER
3 - PETIT-DÉJEUNER
4 - SE BROSSER LES DENTS
5 - FAIRE SON LIT
6 - AÉRER L'APPARTEMENT
7 - SORTIR LA PLANTE
ON VA OPTER POUR LA VERSI COURTE !
CHOP !
CHPLOUF
09:32
SPLASH
09:40
TÉLÉ-PORTATION !
CHI CHEULEMENT...
7 - SORTIR LA PLANTE : FA

DASH
VITE ! VITE ! C'EST ENCORE JOUABLE !
1 SMS EN ATTENTE
RAHAHAAAAA !
TULULULULUUU
ALLO !
MLLE JOLIVET, M. IBIS DE L'AGENCE DÉFONCIA À L'APPAREIL, JE VOUS RAPPELLE CAR NOUS SOMMES TOUJOURS DANS L'ATTENTE DU VERSEMENT DE VOS SIX DERNIERS MOIS DE LOYER !
CE... NUMÉRO... N'EST PLUS... ATTRIBUÉ...
HAN
VOUS VOYEZ, LES ENFANTS, QUAND JE VOUS DIS QUE LES FAST FOOD C'EST MAUVAIS POUR LA SANTÉ !
CHOP
TUUUUU
ALLO !
MADAME, VOUS N'AVEZ TOUJOURS PAS PAYÉ VOTRE FACTURE INTERNET ! NOUS ALLONS DEVOIR RÉSILIER VOTRE ABONNEMENT !
LES ENFANTS, TENEZ-VOUS BIEN PAR LA MAIN !
JEAN-KÉVIN TU TE CALMES !
ZAUUF
DÉSOLÉE, JE PASSE SOUS UN TUNNEL ! JE VOUS RAPPELLERAI... UN JOUR !

## Merci !

Merci à nos tipeurs et lecteurs, sans qui ce light novel n'aurait sans doute jamais vu le jour ! Ensemble, nous continuons d'explorer l'univers du transmédia. Restez connectés pour la suite de l'aventure !

## Crédits

Jaquette face et dos : Nicolas David (dessins), Geoffroy Bernard (couleurs)
Rabat jaquette de fin, illustration et couleurs de Fantöm : Phanat Pak
Illustrations pages 22, 46, 69, 112, 147, 196, 231 : Nicolas David
Illustrations pages 11, 82, 155, 188 : Geoffroy Bernard
Illustrations pages 4, 6, 222, 240 : Phanat Pak
Affiches web-série pages 2 et 3 :
Fabien Fournier (infographie)
Serwan Melk (photos)

Correction : Éric Navarin
Maquette : Fabien Fournier

Olydri Éditions
243 allée de la Lavande
Parc Sainte Claire
83160 la Valette du Var

OLYDRI ÉDITIONS

Dépôt légal : juin 2017
Première édition



Impression en union européenne par l'intermédiaire d'Alphabook
Achevé d'imprimer en juin 2017